Tucholsky Wagner Zola Scott Sydow Fonatne Freud Schlegel
Turgenev Wallace
Twain Walther von der Vogelweide Fouqué Friedrich II. von Preußen
Weber Freiligrath Frey
Fechner Fichte Weiße Rose von Fallersleben Kant Ernst Richthofen Frommel
Hölderlin
Fehrs Engels Fielding Eichendorff Tacitus Dumas
Faber Flaubert
Eliasberg Ebner Eschenbach
Feuerbach Maximilian I. von Habsburg Fock Eliot Zweig
Ewald Vergil
Goethe Elisabeth von Österreich London
Mendelssohn Balzac Shakespeare Dostojewski Ganghofer
Lichtenberg Rathenau
Trackl Stevenson Tolstoi Hambruch Doyle Gjellerup
Mommsen Thoma Lenz Hanrieder Droste-Hülshoff
Dach Verne von Arnim Hägele Hauff Humboldt
Reuter
Karrillon Garschin Rousseau Hagen Hauptmann Gautier
Damaschke Defoe Hebbel Baudelaire
Descartes
Wolfram von Eschenbach Dickens Schopenhauer Hegel Kussmaul Herder
Darwin Rilke George
Bronner Melville Grimm Jerome Bebel
Campe Horváth Aristoteles Proust
Bismarck Vigny Gengenbach Barlach Voltaire Federer Herodot
Heine
Storm Casanova Lessing Tersteegen Gilm Grillparzer Georgy
Chamberlain Langbein Gryphius
Brentano Lafontaine
Strachwitz Claudius Schiller Kralik Iffland Sokrates
Schilling
Katharina II. von Rußland Bellamy
Gerstäcker Raabe Gibbon Tschechow
Löns Hesse Hoffmann Gogol Wilde Gleim Vulpius
Luther Heym Hofmannsthal Morgenstern
Klee Hölty Goedicke
Roth Heyse Klopstock Kleist
Luxemburg Puschkin Homer Mörike
La Roche Horaz Musil
Machiavelli
Kierkegaard Kraft Kraus
Navarra Aurel Musset
Lamprecht Kind Kirchhoff Hugo Moltke
Nestroy Marie de France
Laotse Ipsen Liebknecht
Nietzsche Nansen
Marx Ringelnatz
Lassalle Gorki Klett
von Ossietzky Leibniz
May vom Stein Lawrence Irving
Petalozzi
Platon Knigge
Pückler Michelangelo Kafka
Sachs Poe Kock
Liebermann
Korolenko
de Sade Praetorius Mistral Zetkin

Der Verlag tredition aus Hamburg veröffentlicht in der Reihe **TREDITION CLASSICS** Werke aus mehr als zwei Jahrtausenden. Diese waren zu einem Großteil vergriffen oder nur noch antiquarisch erhältlich.

Symbolfigur für **TREDITION CLASSICS** ist Johannes Gutenberg (1400 — 1468), der Erfinder des Buchdrucks mit Metalllettern und der Druckerpresse.

Mit der Buchreihe **TREDITION CLASSICS** verfolgt tredition das Ziel, tausende Klassiker der Weltliteratur verschiedener Sprachen wieder als gedruckte Bücher aufzulegen – und das weltweit!

Die Buchreihe dient zur Bewahrung der Literatur und Förderung der Kultur. Sie trägt so dazu bei, dass viele tausend Werke nicht in Vergessenheit geraten.

Mamsell van Ehren

Charlotte Niese

Impressum

Autor: Charlotte Niese
Umschlagkonzept: toepferschumann, Berlin

Verlag: tredition GmbH, Hamburg
ISBN: 978-3-8424-0996-5
Printed in Germany

Über Charlotte Niese

Von Herman Krüger-Westend

Charlotte Niese! Dieser Name gehört heut zu den klangvollsten auf dem weiten Gebiet der Frauenliteratur. Durch Einfachheit und Natürlichkeit, jene beiden obersten Vorzüge aller Kunst, hat sich die Dichterin die Herzen einer großen Lesergemeinde erschlossen. In stiller Zurückgezogenheit, abseits von der Heerstraße der Modegrößen, pflegt Charlotte Niese die friedvollsten und geheimsten Schätze des Gemüts. Hypermoderne Geschraubtheit ist ihr fremd. Behaglich und gemütvoll weiß sie zu erzählen. Liebevoll wendet sie sich der Miniaturkunst zu. Und immer wieder spricht aus ihrer Kunst Lebensfrische, großzügige Kraft und Ehrfurcht vor dem Großen und Schönen in der Welt. Und dann lebt in allen ihren Werken in wundervoller, scharf ausgeprägter Klangfarbe das niederdeutsche Element. Charlotte Niese besitzt ein reifes Weltempfinden, das wie ein belebender Hauch die Gebilde ihrer Phantasie durchdringt und alle ihre Menschen in die unsichtbare Atmosphäre ihrer Ethik hüllt. Sie verschmäht physiologisch-philosophische Probleme. An Stelle zerfasernder Seelenforschung gibt sie uns schlichte Menschenbildnerkunst. Und damit erfüllt sie Gottfried Kellers Forderung von der Erzählungskunst: »Schlichtheit und Ehrlichkeit müssen mitten in Glanz und Gestalten herrschen, um etwas Poetisches oder, was gleichbedeutend ist, etwas Lebendiges und Vernünftiges hervorzubringen.«

Charlotte Niese ist eine Pastorentochter. Sie wurde am 7. Juni 1854 in Burg auf der damals dänischen Ostseeinsel Fehmarn geboren. Über ihre Jugend soll uns die Dichterin selbst erzählen:

»Ich bin wohl anders aufgewachsen wie viele andere Mädchen. Zunächst wurde ich im Hause von einer sehr alten, sehr klugen Dame unterrichtet, und spielte bis zu meinem neunten Jahr ausschließlich mit meinen Brüdern und deren Freunden. Mädchen galten bei ihnen wie bei mir für »falsch«. Als mein Vater versetzt wurde und seine Söhne mit ihm gingen, wurde es für mich sehr einsam. Ich blieb bei meinem Großvater, dem Justizrat Matthießen, zurück. Eine tägliche sogenannte Privatstunde brachte mich zwar mit anderen Kindern in Berührung, aber ich ging doch meine eigenen Wege. Konfirmiert wurde ich dann bei meinem Vater, der inzwischen Seminardirektor in Eckernförde geworden war.

Hernach trat dann bald an mich die Frage heran, wie es mit der Selbständigkeit werden sollte. Die Verhältnisse zwangen zu Erwägungen solcher Art. Mein Vater wurde nämlich plötzlich kränklich und starb im Alter von zweiundfünfzig Jahren. Ich kam danach sehr früh zum Lehrerinnenberuf - vor dreißig Jahren der einzige Frauenerwerb, von dem die Rede sein konnte. Schon in sehr jungen Jahren machte ich das Examen für den Unterricht an höheren Töchterschulen, und ich kann wohl sagen, daß ich danach gern und freudig unterrichtet habe.

Später hatte meine Mutter mich dann wieder nötig, und ich bin zu ihr gegangen, die damals in Plön wohnte. Und dann habe ich angefangen zu schreiben: erst kleinere, dann größere Sachen. Mit Erfolg auf der einen, mit mancherlei Enttäuschungen auf der anderen Seite.

Inzwischen habe ich übrigens verschiedene Reisen gemacht, bin z. B. zweimal fast ein Jahr in den Vereinigten Staaten gewesen. Aber obgleich ich ein Buch, »Bilder und Skizzen aus Amerika«, herausgegeben habe, weiß ich doch, daß mein Können nicht in der Fremde, sondern in der Heimat liegt. In meinen Geschichten muß immer etwas Schleswig-Holsteinisches sein, sonst fühle ich mich selbst darin fremd.«

Jetzt lebt Charlotte Niese in Ottensen bei Hamburg. Sie hat lange um Anerkennung ringen müssen. Nur selten gelangten Ruhmesstrahlen in die beschauliche Stille ihres Poetenheims am Philosophenweg. Ein langer Weg ist es von ihren literarischen Erstlingen bis zu den Höhen des Erfolges. Langsam aber sicher ging der Weg hinauf. Und heute ist er noch nicht abgeschlossen. Die stille Ruhe ihres äußeren Lebens atmen auch Charlotte Nieses Dichtungen. Den behäbigen, nüchternen Realismus Thomas Manns und die plastische Kleinmalerei Gustav Frenssens vereinigte die Dichterin schon in sich, bevor die Buddenbrooks und Jörn Uhl gekrönte Bücher wurden. In der Heimat findet sie die stärksten Wurzeln ihrer Kraft. Sie hat frühzeitig erkannt, daß die bezwingende Darstellung des von reicher Phantasie Erschauten eben nur in den Grenzen einer Heimatkunst möglich ist, einer Wahrheitskunst, die in der Heimat nicht ein Ziel, sondern ein Mittel erblickt. Denn das Wesen echter Heimatdichtung besteht darin, daß sie hinausragt über die Bedingtheit der Heimat. Konsequent bleibt sich die Niese in der Behandlung ihres Lebensthemas: Los von der Weltstadt, liebt eure Heimat! Etwas echt Schleswig-Holsteinisches lebt immer in ihren Werken. Ursprünglich quillt hier das niederdeutsche Element: bald klingt es in hellem Jubel empor, bald tönt es in breiten, feierlichen Akkorden aus. Sehr schön hat Timm Kröger das Wesen der Niese gezeichnet: »Sie erhebt uns auf eine Höhe, auf der es nicht mehr lohnt dieses Lebens Widersprüche zu schelten, wo sie uns nur noch lachen machen. Je größer die Inkongruenz zwischen Idee und Wirklichkeit, um so lustiger unser Lachen. Solche Stimmung kann Pessimismus sein, kann aber auch auf einem Optimismus beruhen, der an eine jenseits unserer Erfahrung liegende gute, – – die eigentliche Welt glaubt.«

Zum ersten Male sah sich Charlotte Niese in dem von den Hamburgischen Pastoren Rinck und Fries redigierten Sonntagsblatt »Der Nachbar« gedruckt. Durch einen Preis für die kleine entzückende Erzählung »Philipp Reiffs Schicksale« ermutigt, schuf sie in Plön ihr erstes größeres Werk, den historischen Roman »Cajus Rungholt«. Dieser Roman, der als Erstlingswerk ganz hervorragende Qualitäten besitzt, erschien unter dem Pseudonym Lucian Bürger. Die Sammlung prächtiger Skizzen »Aus dänischer Zeit« führte der Verfasserin viele Verehrer zu. Hier mag sie manche persönliche Erinnerung aus frühen Kinderjahren dichterisch verwendet haben. Mit photographischer Treue und seltener Farbenpracht sind hier ungemein anziehende Bilder und Gestalten aus dem unmittelbaren Leben Schleswig-Holsteins gezeichnet worden. Nie fehlt den markigen Gestalten der innere Zusammenhang mit ihrem Lebensboden. Das wertvollste Stück des Bandes ist die mit besonderer Liebe gezeichnete Geschichte der Mamsell van Ehren. Überhaupt hat Charlotte Niese die in der Gegenwart etwas zurückgegangene Erzählungsform der Novelle mit bestem Erfolg gepflegt. Bei der Lektüre dieser kleinen Kunstwerke, von denen eine kleine Auswahl hier in diesem Bändchen folgt, überzeugt man sich leicht von der Tatsache, daß eine einzige vollgeglückte Menschengestalt künstlerisch oft wertvoller ist als ein dicker Band, den nur eine mittelmäßige Weltanschauung trägt. Überall ist die Dichterin hier die Schülerin ihres

Lieblingsdichters Theodor Storm, den sie zwar nicht nachahmt, aber unter dessen starken Einfluß sie steht. Mit derselben Vollkraft frisch-fröhlichen Könnens wie Theodor Storm schmiedet sie Humor und tiefe Innigkeit zu der mächtig wirkenden Harmonie. Höchst originelle Gestalten treten uns in den »Geschichten aus Holstein« entgegen, die von einem echten nordisch-holsteinischen Lokal-Patriotismus belebt werden. Diese sechs Perlen edler Erzählungskunst reichen in ihren innersten Gedankengängen zurück bis in früh erlebte Fehmarner Spuk- und Hofgeschichten. Trotzdem wir es hier mit persönlichsten Erlebnissen zu tun haben, lernen wir hier die Dichterin als objektive Schaffen« kennen, die ihre Persönlichkeit hinter das Kunstwerk stellt. Lebenswahre Charaktere, in ihrer äußeren und inneren Beschaffenheit für den ersten Eindruck vielleicht etwas befremdlich, lernen wir auch in den Büchern kennen: »Die braune Marenz und andere Geschichten« und »Revenstorfs Tochter und andere Erzählungen«. Aus alten Journalen Hamburgs und Altonas hat die Dichterin den Stoff zu einer größeren kulturhistorischen Erzählung geschöpft. Sie heißt »Vergangenheit« und gibt ein äußerst anschauliches Bild von dem Leben und Treiben der französischen Emigranten in Altona während der neunziger Jahre des achtzehnten Jahrhunderts. Mit großem Fleiß ist hier ein umfangreiches Material zusammengetragen und zu einem monumentalen Denkmal verarbeitet worden. Die Ausgestaltung der kleineren Episoden ist dichterische Filigranarbeit einer Meisterhand. Die Handlung der »Vergangenheit« ist reich gegliedert, aber die Hauptlinien ragen fest gefügt aus dem interessanten Kulturgemälde hervor. Äußerst gehaltvoll ist auch der im Sommer 1850 spielende Roman »Auf der Heide«, in dem alle Gestalten echte Holstein« sind vom Scheitel bis zur Sohle. Ergreifend wird in der fesselnden Erzählung »Der Erbe« das Motiv einer Kinderverwechselung und deren Folgen behandelt. Hier konnte sich unsere Dichterin nach Herzenslust in das Kindergemüt des kleinen Barons Josias vertiefen. Und wo sie das Denken, Tun und Treiben der Kleinen schildert, da erhebt sich ihre Kunst zu bedeutender Höhe. Als einzige gelungene dichterische Ausbeute des Hamburger Cholerajahres besitzen wir von Charlotte Niese die ergreifende Erzählung »Licht und Schatten«. Viel Schatten war in unserm schönen Hamburg, aber das Licht ist doch stärker gewesen: das ist das Motto des Romans, der über eins der traurigsten Kapitel hamburgischer Geschichte handelt. In den eindrucksvollen Farben des Selbsterlebnisses wird das damalige Elend in den Cholerabaracken und öffentlichen Krankenhäusern vor Augen geführt. Hamburg zum Schauplatz hat auch der Roman »Die Klabunkerstraße«. Die Frucht langjähriger Studien und Beobachtungen ist der Roman »Auf Sandberghof«. Er behandelt den Kampf zwischen Deutschen und Dänen, wie er sich in Nordschleswig auf Rangelrup und Sandberghof abgespielt hat. Mit behaglich-schöner Schilderungskunst werden Probleme aus jener Zeit entrollt, in der Schleswig-Holstein keine erquicklichen Verhältnisse kannte. »Dumpf gärte die Unzufriedenheit der Deutschen - wie es im Roman heißt - und die Dänen fühlten sich auch in ihrer Unterdrückerrolle nicht behaglich.« Eine Fülle reizvoller Gestalten wird mit trefflicher Charakteristik vorgeführt: die Kammerjunkerin Ulrike Krag aus der Familie derer von Laurentius, der Hardesvogt Gottfried Wilder und die Frau Etatsrätin, Hans Lauritzen aus Kopenhagen, der gute Glasog und die ehrliche Bothilde. Ferner der märkische Junker Kurt von Berkow, der als kommissarischer Landrat von Kragsminde sich bemüht, den Dänen sanft zu begegnen und gegen den zum Dank ein jütischer Bengel ein Attentat versucht. Auch das typische schleswig-holsteinische Pfarrhaus ist durch die Pastoren Brolund und Kleinert vertreten. Zwei prächtige Kindergestalten gehen durch den Roman: Dodo und Tina. In diesen Kreisen schafft der fanatische Preußenhaß der Dänen Zwist und Uneinigkeit. Aber auch den Vertretern des Dänentums läßt die Dichterin volle Gerechtigkeit widerfahren. Denn schließlich leuchtet auch in Nordschleswig über allen politischen Tagesfragen der Stern der Liebe. Das erfährt die liebe Kläre von Hagenthal. Als arme preußische Offizierstochter muß sie in dänischem Hause eine Stellung als Erzieherin von Dodo und Tina annehmen. Sie muß manche Demütigung über sich ergehen lassen. Aber ein alter dänischer Herr, der Kläre geliebt hat, vermacht ihr testamentarisch die Summe von 50 000 Kronen. Und auch ihren Lebensgefährten findet Kläre in Nordschleswig: den schlichten Predigtamtskandidaten David Rissom.

Eine besonders wertvolle Schöpfung ist die Erzählung »Menschenfrühling«, die die Entwicklungsjahre der früh verwaisten Anneli Pankow behandelt. Die kleine Anneli wächst innerlich zu einem kindlich reinen Menschentum. Anscheinlich ist ihr Werden geschildert und tief ihre Psyche analysiert worden. Aber alte

Schmerzen, alte Freuden und altes, längst beweintes Leid haben sich so tief in die Seele des Kindes eingegraben, daß auch die warme Frühlingssonne den feuchten Tränenschleier aus Annelis Augen nicht zu verjagen vermag. Was mau so oft an den Dichtungen der Niese bewundern muß, krönt auch diese Kindheitsgeschichte: Kraft, Schönheit, Geist und Gemüt in der wundervollen Harmonie schlichtester Natürlichkeit. Die weiteren Schicksale Annelis behandelt der Roman »Aus der Sommerzeit«.

Neben dem künstlerischen Genuß gewährt Charlotte Niese immer einen kostbaren Gewinn für Weltanschauung und Leben. Sie vermeidet jede hervortretende Tendenz. In dieser wohltuenden Art sind auch ihre übrigen Erzählungen gehalten, von denen hier noch »Erika«, »Eine von den Jüngsten« und »Die Allerjüngste« genannt sein sollen. Charlotte Niese vermag die grauen Tage des Lebens zu vergolden. Ihre Dichtungen sind eine gesunde Kost. Sie gehören ins Volk, dem sie neue Kräfte und neue Ideale zuführen können. Ihre bodenwüchsige, ideell getränkte Erzählungskunst hat sich als ein Verjüngungsquell erwiesen. Und wenn es bei ihren Werken nicht das Titelblatt verraten würde, konnte man kaum glauben, daß soviel Kraft aus einer Frauenhand fließen kann.

Das Bild Charlotte Nieses aber wäre unvollständig, wollte man nicht ihrer hervorragenden menschlichen Eigenschaften gedenken. Sie besitzt ein großes Herz. Stille Bescheidenheit ist eine ihrer vornehmsten Tugenden. Nichts ist ihr verhaßter als der Lärm moderner Reklametrommeln, mit denen heut so viel Dilettanten »berühmt« gemacht werden. In ihrer äußeren Erscheinung wie in ihrem ganzen Wesen ist sie der Typus einer echten Holsteinerin. »Vergiß dich selbst, dann läufst du keine Gefahr, andere zu vergessen.« Diese Worte, die die Dichterin einmal einer Freundin ins Stammbuch schrieb, gewähren einen tiefen Einblick in ihren Charakter.

Heute darf Charlotte Niese mit hoher Befriedigung auf die Früchte ihres Fleißes zurückblicken. Eine große Verehrergemeinde, die noch viel von der Dichterin erwarten darf, schaut liebend und bewundernd zu ihr empor.

Herman Krüger-Westend.

Mamsell van Ehren

»O mein Gott, Kinners, mir könntet ihr doch auch mal besuchen!« sagte Mamsell van Ehren. Sie stand in Großvaters Schreibstube, die damals Kontor genannt wurde, und zog sich die schwarzseidnen Halbhandschuhe über die breiten, ausgearbeiteten Hände. – »Nicht wahr, Herr Justizrat, wenn Sie nach Petersdorf aufs Gericht fahren, denn bringen Sie mich die Kleinen mal vor!«

Das war nämlich in der Zeit vor 1864, wo unsre kleine Ostseeinsel noch ihre besondre Verfassung hatte, und wo unser Großvater an mehreren Wochentagen unter Beisitz der bäuerlichen Richter auf den Dörfern Gericht abhielt.

Mamsell van Ehren wiederholte noch einmal ihre Einladung, dann nahm sie ihren großen schwarzgestrickten Arbeitssack in die Hand, machte meinem Großvater einen altmodischen Knicks und ging würdevoll aus der Tür.

Sie hatte auch alle Ursache, würdevoll zu sein, denn die ältliche, hagere Jungfrau mit den großen Gliedern und der schlechten Haltung war eine der reichsten Hofbesitzerinnen der Insel. »Hof« sagte man allerdings nicht bei uns. Die Insulaner nannten ihre stattlichen Häuser, bei denen sich die ausgedehnten Korn- und Weideländer befanden, nicht »Hof,« sondern »Stelle«. Eine »Stelle« sein eigen zu nennen, ist wohl noch heute der dringende Wunsch jedes Inselbewohners, aber in vielen Dörfern sind die größer« Landbesitze durch übergroße Elternliebe und Erbschaft geteilt worden und daher nicht mehr so begehrenswert wie ehemals. Mamsell van Ehren saß aber auf ihrer »Stelle« von so und soviel »Drömpsaat« Land und hatte darauf gesessen, solange die meisten Menschen denken konnten. Sie war reich, sehr reich. In dem Beutel, den sie hin und wieder meinem Großvater brachte, waren lauter blanke dänische Speziestaler, die sie ihm zum Anlegen gab, oder über deren Verwendung sie sich sonst Rat holte. Kein andrer Bauer hatte so gutes Vieh im Stalle und so ausgezeichnete Pferde. Damals gab es wenig gute Pferde auf unsrer Insel. Wenn aber Mamsell van Ehren auf ihrem hohen Stuhlwagen zur Stadt gefahren kam, dann sahen sich alle Leute nach den zwei stattlichen Braunen um, die den Wagen mit einer gewissen vornehmen Nachlässigkeit über das schlechte Pflaster zogen, als wenn sie sagen wollten, daß solche Arbeit sich eigentlich nicht für sie schicke.

»Kremper Marschpferde!« sagte mein Bruder Heinrich, der immer viel von der Landwirtschaft verstand. Und dabei spuckte er aus. Denn das gehörte sich so, wenn man von vornehmen Dingen sprach.

Wir, d. h. etliche aus unsrer zahlreichen Geschwisterschar, standen an der Ecke des großelterlichen Hauses und sahen Mamsell van Ehren abfahren. Dies geschah in einem großen Stuhlwagen, der Platz für vier Stühle und auch noch für Kornsäcke hatte. Unter dem Wagen hing ein kleiner Behälter, worin sich Teer und ein Quast befanden. Die waren für den Fall bestimmt, daß eins der Räder nicht mehr weiter wollte. Dann wurde seine Achse so lange mit Teer bepinselt, bis das Rad sich wieder wie ein Kreisel drehte. Wir fuhren selten in einem solchen Wagen, der so hoch war, daß man nur mit einer Leiter in ihn hineinkommen konnte, und der, wie Großvaters Kutscher behauptete, so stoßen sollte, daß alle Knochen im Leibe an eine verkehrte Stelle kämen. Dies hätten wir nun gar zu gern einmal probiert, und deshalb standen wir an Mamsell van Ehrens Wagen und dachten, da sie uns nun doch schon eingeladen hätte, so könnte sie uns jetzt auch auffordern, eine kleine Probefahrt durch die Stadt mit ihr zu machen.

Aber die gute Mamsell dachte nicht an solche Sachen. Sie war schon sehr wohl verwahrt, als sie aus Großvaters Hause kam; jetzt aber langte ihr der Kutscher noch ein dunkelgrünes Kleidungsstück herunter, das unser höchstes Entzücken erregte. Es war ein riesengroßer Mantel mit sieben Kragen, und als die Mamsell ihn nach einiger Mühe umgelegt hatte, sah sie unbeschreiblich aus.

»Größer, als unsre größte Turmglocke,« sagte Heinrich, und er war so begeistert, daß er ganz vergaß, auszuspucken.

»Wie ein Wigwam,« bemerkte Jürgen, der augenblicklich John Fennimore Cooper las.

»In diesen Wigwam kann aber vielmehr als eine Familie hinein!« bemerkte ich. Denn auch ich hatte etwas vom Lederstrumpf und von Unkas gehört, der immer »Ugh« sagte, wenn er durchaus nichts weiter wußte. Heinrich aber meinte, ich sollte still sein, weil ich noch zu klein wäre, und dann beobachteten wir Mamsell van Ehren weiter. Sie war mit Hilfe einer Leiter und eines Mädchens in den Wagen gekommen, hatte sich noch eine Decke über die Knie gebreitet und sagte: »Nu man jüh!« zum Kutscher.

Der aber hielt noch ganz still, und als seine Herrin den Befehl in einer etwas schrillern Stimme wiederholte, deutete er schweigend mit der Peitsche auf die Straße. Dort kam, ganz langsam, ein kleiner Einspänner hergerollt. So einer, wie man ihn alle Tage sah. Ein großer Mann, der eine Zeitung las, hielt lässig die Zügel und ließ sein häßliches, knochiges Pferd gehn, wohin es wollte. Als Mamsell das Gefährt und seinen Insassen erblickte, saß sie ganz still. Wie ihr Gesicht aussah, kann ich nicht sagen, denn sie war so eingewickelt, daß man nicht einmal ihre Nasenspitze sehen konnte. Sie kauerte nur ein wenig in sich zusammen und sagte kein Wort. Langsam und anscheinend achtlos fuhr der Mann an dem stattlichen Wagen vorbei. Keinen Augenblick erhob er die Augen, und wir hätten ihn uns ganz genau ansehen können, wenn wir gewollt hätten. Aber wir wollten gar nicht. Was ging uns ein ganz gewöhnlicher Einspänner mit einem gewöhnlichen Manne darin an? Wir fanden Mamsell van Ehren viel interessanter und wunderten uns nur, daß sie so geduldig wartete, bis der kleine Wagen vorüber war, denn es war genug Platz auf dem Fahrdamm: zwei Gefährte konnten sich dort gut begegnen. Nun fuhr sie auch fort. »Nu man los!« sagte sie ganz leise zu ihrem Kutscher. Die stattlichen Braunen nickten ein wenig mit den Köpfen, und im schlanken Trabe ging es davon. Da passierte noch etwas Merkwürdiges. Die Mamsell, die so eingepackt war, daß sie sich kaum von der Stelle rühren konnte, stand plötzlich in dem heftig stoßenden Wagen auf und blickte die Fahrstraße entlang. Es war sonderbar, aber sie sah sich nach dem elenden Einspänner um, der wirklich keine Beachtung verdiente. Sie konnte ihn übrigens auch nicht mehr erspähen, denn er war trotz seiner Langsamkeit doch schon vorübergefahren.

»Wer saß in dem Einspänner?« fragte jetzt Heinrich, indem er sich an Großvaters Kutscher wandte, der bis dahin Mamsell van Ehrens Pferde gehalten hatte.

Hinrich nahm langsam die Tressenmütze ab und kratzte sich auf dem Kopfe. »Michel van Ehren!« sagte er dann.

»Michel van Ehren? Ist das ein Verwandter von Mamsell van Ehren?« »Ihr Bruder!« lautete die einsilbige Antwort. Denn Hinrich sprach nie mehr, als er irgend mußte.

»Ihr Bruder? Aber er fährt gar nicht in einein guten Wagen, und sein Pferd war jämmerlich!«

»Er hat auch nix!« sagte Hinrich mit dem Tone äußerster Verachtung.

»Warum hat er nichts?« fragten wir, aber Hinrich schien keine Lust zu weiterer Unterhaltung zu haben und wandte sich kurz ab. Da fingen wir auch an, Michel van Ehren zu verachten. Denn soviel begriffen wir gleichfalls von der Welt und ihren Ansichten, daß es das größte Verbrechen ist, wenn einer nichts hat.

Seitdem Mamsell van Ehren uns eingeladen hatte, ließen wir unserm Großvater keine Ruhe, bis er uns eines Tages mit auf eine seiner Gerichtsfahrten nahm, um uns bei der alten Dame abzusetzen. Diesmal waren es Jürgen, Milo und ich, die diese Fahrt mitmachten. Heinrich sagte, er wolle lieber einmal allein hin, wenn die Ernte begänne, und dann möchte er auch nicht mit so kleinen Gören ankommen, die immer unvernünftig wären und dummes Zeug machten. Das war nun ein Urteil, das uns in seiner Ungerechtigkeit tief kränkte, uns aber zugleich mit dem schönen Gefühl des Verkanntseins erfüllte und uns dadurch neue Lebensfreude gewährte.

Es war auch ein so schöner, warmer Sommermorgen, wie er bei uns nicht häufig vorkommt. Die Vögel sangen, und Großvaters Pferde waren mutig und frisch, was bei ihnen ebenfalls nicht immer der Fall war. Wir hatten der zu Hause gebliebnen Familie viele Versprechungen unausgesetzter Artigkeit geben müssen, und als Großvater uns vor einem blendend weiß gestrichnen Hoftor absetzte, rief er auch noch einige Worte, die von Bescheidenheit handelten. Wir nickten flüchtig – hörten noch halb gedankenlos, daß der Wagen uns nach etlichen Stunden wieder abholen sollte, und liefen dann in großer Eile den breiten, mit Kies bestreuten Fahrweg hinauf, der zum Hause Mamsells van Ehren führte. Das Haus lag unter grünen Linden und Erlen versteckt. Es war alt, mit lauter kleinen Fenstern und einem tief herunterhängenden Dache. Die Wirtschaftsgebäude jedoch, die zu beiden Seiten des Wohnhauses standen, mußten erst kürzlich erbaut sein. Sie sahen funkelnagelneu aus, und der ganze Hof glänzte so von Sauberkeit und Ordnung, daß selbst unsre Kinderaugen davon angenehm berührt wurden. Wir standen an der Schwelle des Wohnhauses und nickten wohlgefällig. »Hier ist's hübsch!« sagte ich, aber Jürgen steckte seine Nase in die Türöffnung.

»Hier wird gewaschen!« bemerkte er, und der weißgraue Qualm, der uns plötzlich entgegenschlug, bewies, daß er recht hatte.

In diesem Augenblick erschien Mamsell van Ehren auf der dunkeln Hausflur. Sie war sehr leicht und nicht übermäßig elegant gekleidet. Als sie uns erblickte, schlug sie die Hände über dem Kopfe zusammen.

»Du mein Heiland! Nu hab ich die Kinners jeden und jeden Tag erwartet, und nu kommen sie gerade, wenn ich Wäsche hab'! O, was'n Unglück! Hundertundfünfundachentig Savjetten, und denn noch all das Bettleinen! Du meine Zeit! Und zwei Waschfrauens sind dabei, und ich hab' auch schon seit heute morgen Klock zwei an die Waschbütte gestanden! Nu wollte ich mich gerade ein büschen verpusten und mich eine Tasse Tee kochen!«

»Ich trinke keinen Tee,« sagte Jürgen. »Gib mir lieber Milch!«

»Mir auch!« beeilte ich mich hinzuzusetzen, und Mamsell van Ehren sah uns nachdenklich an, während sie ihre bis zum Ellbogen aufgekrempten Ärmel wieder über die knochigen Arme streifte.

»Hundertundfünfundachentig Savjetten!« bemerkte sie dann noch einmal. »Und denn all das Bettleinen! Kinners, das is ein Arbeit!«

»Was für seine Treppengeländer!« sagte Milo mit glänzenden Augen. »Darf man darauf wohl auf und nieder rutschen?«

»Nu natürlich!« lachte Mamsell van Ehren. Sie sah wohl ein, daß wir noch nicht in das Alter der Überlegung gekommen waren, in dem man jemand, der hundertundfünfundachtzig Servietten auf einmal wäscht, scheu aus dem Wege geht.

Unsre Wirtin verschwand auf einige Augenblicke, und als sie zurückkehrte, trug sie ein Brett, auf dem nicht allein einige Gläser Milch standen, sondern auch ein sehr netter Teller mit belegtem Butterbrot. Es war gut, daß sie kam, denn wir waren in ziemlicher

Aufregung. Jürgen und Milo prügelten sich wegen des Treppengeländers, auf dem jeder zuerst hatte rutschen wollen, und ich weinte. Nicht aus Mitgefühl mit Milo, der eben von Jürgen geohrfeigt wurde, sondern weil ich auf einem kleinen Privattreppengeländer, das hinten auf dem Flur war, für mich ganz allein hatte rutschen wollen. Dieses war nun mit mir umgefallen, denn ich hatte nicht bemerkt, daß es nur lose neben den vier Stufen stand, die zu einer etwas höher gelegnen Tür führten.

»Is die Möglichkeit!« sagte Mamsell van Ehren, während sie das Teebrett auf einen Tisch setzte und uns dann betrachtete. »Wie könnt ihr doch in su'n kleinen Momang soviel Spengtakel machen! Na, nu kommt mal mit in den Döns, da könnt ihr was besehen!«

Was sie »Döns« nannte, war die nach hinten gelegne Stube, zu der einige Stufen hinaufführten, und als wir ihr dorthin folgten, sah sie das Treppengeländer, das auf dem Fußboden lag. Sie hob es auf und stellte es wieder an seinen Platz.

»Da sind schon mehr Leute mit umgefallen!« sagte sie. »Ein ganzen Berg Kinners. Damals, als es noch Kinners hier gab!«

»Du mußt das Geländer festmachen, damit man darauf rutschen kann!« bemerkte Jürgen. Sie aber schüttelte den Kopf.

»Nu nich mehr! Nu is das allens einerlei!«

Wir vergaßen zu fragen, weshalb nun gerade alles einerlei sei. Denn wir mochten uns gern umsehen, und beim Eintritt in den langen Saal fanden wir hierzu die beste Gelegenheit. Der Döns war ein großes Zimmer, dessen Fenster nach dem Garten gingen. Daher kam es, daß eine Anzahl von Gebüschen von draußen her eine grüne Dämmerung in dem Raume verbreitete. Es mochte lange her sein, daß diese Fenster einmal geöffnet worden Waren; eine dicke, etwas modrige Luft schlug uns entgegen, die wir ungewöhnlich und deswegen auch sehr schön fanden.

»Nu setzt euch man!« sagte die Mamsell, auf eine Reihe von Stühlen deutend, die nebeneinander an der Wand standen. Wir folgten dieser Aufforderung aber nicht, sondern sahen uns erst eine Weile schweigend um, um dann in allgemeines Bewundern auszubrechen. Denn an der Wand über den Stühlen war ein langes Wandbrett, auf dem Teller und Schalen aus Porzellan, sowie allerhand Geräte aus

Messing und Silber standen, Becher und getriebne Kannen, sogar vierarmige Leuchter. Und je mehr wir uns weiter umsahen, desto mehr fanden wir, das des Betrachtens wert war. Da war ein großer Schrank mit geschnitzten Türen, eine Truhe, deren Deckel bunte Malereien trug, und endlich noch ein Ofen, dessen Kacheln mit Darstellungen versehen waren, die uns sehr bekannt vorkamen. Da war ein brennender Busch, den wir aus der Kinderbibel kannten, und dann ringelte sich eine Schlange um einen köstlichen Apfelbaum, und vor ihr standen zwei Menschen, deren äußere Erscheinung so wohlgenährt war, daß man sich ihre Lust nach einem noch so schönen Apfel doch nicht ganz erklären konnte.

»Kinners, seid ihr denn gar nicht hungrig?« fragte Mamsell van Ehren endlich. Sie hatte einen kleinen Tisch mit den erwähnten Eßwaren vor die Stuhlreihe geschoben und sich hingesetzt. »Wenn ihr nich kommt, dann fang ich an,« setzte sie hinzu, und dann erzählte sie wieder etwas von ihren Servietten.

Wir aber saßen vorläufig wie festgenagelt vor dem Ofen, und jeder wollte dem andern erzählen, was er entdeckte. Jede Kachel trug ein Bild aus dem Alten Testament. Da fanden wir nicht allein Adam und Eva, Kain und Abel - auch der Turm von Babel war zu sehen, und das Rote Meer mit den großen Wellen und den nachstürzenden Ägypterscharen.

Jürgen wußte immer gleich, was alles bedeute. Aber auch Milo behauptete von jedem Bilde, daß er die Geschichte dazu wisse, und so wurde die Unterhaltung wieder etwas erregt, weil jeder seine Weisheit an den Mann bringen wollte.

»Kinners, Kinners,« sagte da die Mamsell wieder, »verzürnt euch man nich. Da kommt nix bei heraus, ganz und gar nix, kann ich euch sagen!«

Und sie schien ein wenig zu seufzen, aß aber mit vortrefflichem Appetit ein Stück Butterbrot nach dem andern und erreichte durch ihr gutes Beispiel, daß wir uns endlich doch von dem Ofen trennten und uns von ihr füttern ließen.

»Ein famoser Ofen!« sagte Jürgen enthusiastisch. »Wenn wir den doch hätten!«

»Er raucht bannig!« meinte die Mamsell behaglich. »Weißt du, mein Junge, zum Gebrauch is er ganz und gar nix. Ich hab ihn zuletzt gebrannt, als Vater sein Leichenbier hier war. Das war nämlich im Jannuvarmonat und furchtbar kalt. Sonsten heiz' ich ja natürlich nich in Winter, wo ich noch all die guten Feuerkiekens[1] von mein Vater und Großvater hab', die ich doch nich wegsmeißen kann. Abers bein Leichenbier, da muß man sich doch ordentlich benehmen, und wo hier an die fufzig Personen ein ganzen Abend und Nacht essen sollten, so durften sie ja auch nich frieren. Aber der alt' Ofen raucht so furchtbar, daß ich alles Holz wieder rausnehmen mußte, sonstens wäre da wirklich kein Vergnügen gewesen!«

»Haben die Gäste denn gefroren?« fragten wir. Sie schüttelte aber den Kopf.

»Nee, zum Glück nich. Ich gab gleich Punsch, und denn aßen sie mit'n guten Appetit. Ich hatt' acht Kalbskeulen und fünf Sweinebraten, und denn gefüllte Rippen und zehn Gänse, und denn noch Zunge in Salz und ein Paar Schinkens, und nachher all die eigengebacknen Kuchen, fünf Kranzkuchen und sieben Wiener Torten, und denn noch all das klein Gebäck – nee, gefroren haben sie nich, wo sie mich woll ein Faß Wein ausgepunscht haben. Und als es so an das Morgengrauen ging, wo man ja ümmer ein büschen kalt wird, da verzürnten sich ein paar und slugen sich mit die Schinkenknochens um die Ohren. Nu – sowas macht ja denn wieder warm!«

»Haben sie sich totgeschlagen?« fragte Jürgen, der aus den Erzählungen der alten Leute wußte, daß die Insulaner in den guten alten Zeiten vorsorglich ihr Totenhemd mit auf die großen Leichenschmäuse nahmen.

Mamsell schüttelte den Kopf.

»Nee, sowas tun sie nich oft mehr – sowas is aus die Mode gekommen! Herrgott,« setzte sie dann nach einer Pause hinzu, »früher, da war das anders. Mein Vater sein Vater, den ich noch gekannt hab' – der könnt' was davon verzählen! Wie bei so'n großes Leichenbier woll an fünf und sechs Personen totgestochen wurden, und kein Mensch das genau sagen konnt', wenn er zu Leichenbier

---

[1] Kohlenfässer, auf die man die Füße setzte.

ging, ob er auch lebendig wiederkam! Ja, dazumalen – da erlebte man noch was!«

Sie seufzte, und wir hatten das Gefühl, sie über die Langweiligkeit des jetzigen Lebens trösten zu müssen, wir wußten aber nicht recht, wie wir es anfangen sollten.

»Ich möchte auch wohl mal zu einem großen Leichenbier!« meinte Jürgen, der sich prüfend umsah. Dann wandte er sich zu unserer Wirtin. »Sag mal, Mamsell van Ehren, soll dein Leichenbier auch hier im Saale sein, und gibst du dann auch soviele Braten?«

»Natürlicheweise!« sagte die Gefragte ruhig. »Meinst du, ich will mir lumpen lassen? Mein best Gedeck kommt auf'n Tisch – da sind vierundsechzig Savjetten bei, und is noch ganz und gar nich gebraucht. Bloß, daß es jedweden Sommer mal auf die Bleiche muß, sonsten kommen da Spakflecken ein!«

»Hoffentlich raucht der Ofen dann nicht!« meinte Jürgen nachdenklich, und ich fiel tröstend ein: »Das kann doch im Sommer oder im Herbst sein; dann braucht hier nicht geheizt zu werden!« Milo war unterdessen mit seinem Butterbrot wieder vor den Ofen gelaufen.

»Da sind Kain und Abel!« rief er triumphierend. »Kain schlug Abel tot; weißt du nicht, Mamsell? Kain war gar nicht nett, sonst hätte er so etwas doch nicht getan. Esau steht hier auch und hat einen grünen Rock an, das war auch einer von den Bösen, die kein Mensch leiden mag!«

»Nu sieh mal an!« Mamsell van Ehren lachte. »Du kannst ja fein dein' biblische Geschichte! Verzähl mich nur noch ein büschen mehr!«

Milo sah sehr wichtig aus. Das kam daher, weil er nicht häufig aufgefordert wurde, ganz allein vor andern zu sprechen. Aber es stellte sich bei dieser Gelegenheit heraus, daß er nicht sehr viel wußte. Er begann nämlich wieder bei Kain und Abel. »Geschwister sollen sich lieb haben,« fing er an. »Aber Kain und Abel hatten sich nicht lieb. Abel war immer gut, aber Kain –«

»Abel wurde natürlich von Adam und Eva verzogen, und das konnte Kain auf die Länge nicht aushalten!« schob Jürgen hier ein, der es eigentlich nicht gern hatte, wenn Milo allein sprach. »Abel war gewiß sehr eingebildet. Glaubst du nicht auch, Mamsell van Ehren? Wenn ein Bruder mehr sein will als der andre, dann ist es doch auch ärgerlich!«

Und Jürgen blickte drohend zu Milo herüber, der heute morgen behauptet hatte, er wäre immer artig. Er selbst schien sich indessen dieser abscheulichen Anmaßung gar nicht mehr zu entsinnen, denn er begann wieder mit größter Unbefangenheit zu erzählen: »Jakob und Esau vertrugen sich auch nicht gut, und das war unrecht, denn Geschwister müssen sich immer lieb haben! Jakob –«

»Merkwürdig, daß Esau den Jakob nicht totgeschlagen hat!« mußte Jürgen wieder sagen. »Ich glaube, ich hätte es getan. Jakob war wirklich eklig, ganz eklig, nicht wahr, Mamsell van Ehren? Er mochte natürlich gar keine Linsen – ich mag sie auch nicht; aber er mußte sich doch mit seinem Teller vor die Tür setzen, nur damit Esau das Gericht sähe. Über die Geschichte kann man sich wirklich ärgern, und wenn ich Esau gewesen wäre, dann wäre alles anders gekommen, da könnt ihr euch darauf verlassen! Erstmals hätte ich die Linsen überhaupt gar nicht gegessen, und dann würde ich mein Erstgeburtsrecht auch nicht verkauft haben. Hättest du das getan, Mamsell van Ehren?«

»Nee!« rief diese mit großer Bestimmtheit. »Ganzen gewiß nich!«

Und sie schenkte sich aus einer großen Kanne eine dampfende Tasse Tee ein und biß von einem größern Stück Zucker ein Bröckchen ab, um dann langsam den warmen Trank über die Zunge gleiten zu lassen.

»Ist dein Bruder eigentlich älter als du?« fragte Jürgen plötzlich.

Mamsell setzte die Tasse hin, aus der sie eben so gemächlich getrunken hatte. »Was weißt du von mein Bruder, Kind?« fragte sie, und zum erstenmal sah sie unfreundlich aus.

»O, ich meine man bloß! Er hat ja nichts!«

»Nein, er hat nichts!« bemerkte Milo. »Und wenn man nichts hat, dann ist man nichts! Das sagt Hinrich!«

»Wann hat Hinrich das gesagt?« rief Jürgen. »Er hat ja gar nicht mit dir gesprochen!«

»Wohl hat er mit mir gesprochen!« Milos Stimme klang gekränkt.

»Gestern abend, als du fort warst, habe ich bei Hinrich gesessen und ihm gesagt, wir sollten heute zu Mamsell van Ehren. Da sagte er, das wäre eine kluge Person, die wüßte, was sie wollte. Sie hätte nicht nötig gehabt, an Michel etwas zu geben, und da hätte sie es auch nicht getan. Nun würde er wohl bald vor Hunger sterben, und das wäre auch in der Ordnung! Und Hinrich erzählte noch mehr, ich habe es nur wieder vergessen!«

»O du heilige Gerechtigkeit!« sagte Mamsell van Ehren und stand hastig auf. »I du himmlische Güte!« Sie ging einigemal im Zimmer auf und nieder, während wir uns behaglich über die Milch hermachten. Es ist immer ein angenehmes Bewußtsein für einen Gast, seine Wirte gut zu unterhalten, und auch wir hatten das friedevolle Gefühl, Mamsell van Ehren außerordentlich interessiert zu haben. Daher sprachen wir eine Zeitlang gar nicht, denn die Butterbrote schmeckten wirklich gut. Die Mamsell hatte sich wieder zu uns gesetzt.

»Ob Großvater woll bald kommt?« fragte sie plötzlich. Wir versicherten ihr, daß wir das nicht glaubten, und sie seufzte ein wenig. Sie war überhaupt unruhig geworden, zupfte an ihrem Kleide, an ihrer Mütze und schien keine rechte Freude mehr an unserm Besuch zu empfinden. Selbst wir merkten dies und schlugen ihr vor, sie solle uns ihr Haus zeigen. Aber sie schüttelte den Kopf. »Heut nich, Kinners! Da is allens in Unordnung! Denkt doch man an die große Wäsche – – hundertundfünfundachentig Savjetten!«

Da begnügten wir uns denn, den Ofen noch einmal sehr eingehend zu betrachten und uns die Schnitzereien des Schranks anzusehen. Aber es war plötzlich langweilig geworden, und als Großvaters Wagen früher kam, als wir gedacht hatten, freuten wir uns und kletterten so schnell, als es nur anging, in die Halbchaise oder auf den Bock zu Hinrich. Der Abschied war merkwürdig kurz, und auf die Einladung der Mamsell, bald wiederzukommen, antworteten wir halb ablehnend. Wir überließen es unserm Großvater, einige Dankesworte für die freundliche Aufnahme zu sagen, und wurden erst wieder vergnügt, als wir unserm Städtchen zufuhren.

Ich hatte die Auszeichnung, bei Hinrich, dem Kutscher, zu sitzen. Dies ging natürlich nach der Reihe, und ich kam selten daran. Heute aber thronte ich neben ihm und durfte seine Peitsche halten, während er die Zügel nachlässig in den Händen hielt. Hinrich war ein stiller Mann. Hin und wieder sagte er aber doch etwas, und das war nach unsrer Ansicht immer sehr bedeutend.

»Wie war's denn?« fragte er jetzt, und ich dachte eine Zeitlang nach.

»Es war wohl nett!« sagte ich dann zögernd.

Er nickte. »Bei Mamsell van Ehren is allens nett,« sagte er darauf. »Allens. Sie hat Angelliter Kühe und richtige engelske Sweine, und die Pferde sind Kremper Marschsorte!«

»Heute wusch sie hundertfünfundachtzig Servietten!« berichtete ich, und er nickte wieder.

»Kann ich mich denken! Was sie hat, is allens piksein! Das is ein feine Mamsell! O – ha!« Und er zog vor Bewundrung die Zügel etwas fester an, so daß Franz und Hermann, die Pferde, ihre Ohren spitzten und sich entschlossen, ein wenig schneller zu laufen.

Ja, Mamsell van Ehren war ihres Reichtums wegen zu bewundern, daran konnte man nicht zweifeln, und ich bewunderte sie ebenso sehr, wie es Jürgen und Milo taten. Nur, daß wir nicht so entzückt von dem Besuche bei ihr waren, wie sie und ihr Geld es wohl verdient hätten. Weshalb nicht, vermochten wir nicht zu sagen, und wir waren uns auch gar nicht klar, warum wir nicht so sehr gern bei ihr hatten sein mögen. Wir sprachen wenig von ihr. Milo erwähnte nur hin und wieder ihren Ofen, dann aber verwies Jürgen ihn zur Ruhe und sagte, er solle nicht mit seiner biblischen Geschichte prahlen, von der er doch nichts Ordentliches wisse.

Der Sommer war ins Land gezogen, und wir hatten Ferien. Für mich fiel dadurch nur die eine Stunde aus, in der ich mich täglich mit der Wissenschaft beschäftigen mußte. Manchmal freute ich mich darüber, manchmal sehnte ich mich aber nach meiner Schiefertafel und den Bildern in der großen Weltgeschichte, zu denen es so hübsche Geschichten gab. Wir wurden nicht mit Gelehrsamkeit gequält, deshalb liebten wir unsere Lernstunden als etwas ganz Besondres und konnten es nicht begreifen, daß man sich vom Lernen ausruhn müßte.

Aber es war doch so. Wir hatten unsrer Lehrer wegen Ferien und wußten nun nicht immer, was wir mit den langen Vormittagen und den noch längern Nachmittagen anfangen sollten. Wahrscheinlich waren wir für unsre Umgebung nicht immer ein angenehmer Verkehr, denn es wurde uns alle Tage öfters geraten, spazieren zu gehn. Nach den glühenden Beschreibungen sämtlicher Anverwandten zu urteilen, mußte diese Beschäftigung das beste sein, was es überhaupt auf der Welt gab; wir aber fanden sie langweilig. Denn es wurde von uns verlangt, daß wir mitten auf der ebnen Straße und zu einem bestimmten Ziele gehn sollten. Das taten wir ein- oder zweimal, und dann erklärten wir, vom Spazierengehn genug zu haben. Jürgen hatte glücklicherweise ein Buch gelesen, in dem die Kinder immer Touren machten. Das heißt, sie gingen spazieren und nahmen eine Tasche voll Butterbrot und Kuchen, ja sogar Heidelbeerwein mit. Dies Getränk kannten wir nicht; aber eine Tour mit einer großen Lebensmitteltasche wollten wir wohl auch machen.

Butterbrote wurden uns zugesagt. Nur das Getränk machte uns Schwierigkeiten, weil wir Wein und Wasser zu gewöhnlich fanden und keinen Heidelbeerwein bekommen konnten. Endlich schenkte Bruder Heinrich uns ein Stück Lakritzen, von dem wir eine Flasche voll Lakritzenwein machten. Er schmeckte nicht gut - aber da in der Geschichte auch nicht stand, ob der Heidelbeerwein gut geschmeckt hätte, so fanden wir uns in diesen Umstand. Und dann gingen wir eines Morgens um neun zu dreien aus, um unsre Tour zu machen. Jürgen, Milo und ich waren die Touristen, und die Segenswünsche der Familie begleiteten uns. Die ältern Brüder meinten, in einer Viertelstunde würden wir wohl wieder zu Hause sein - wir erklärten aber, daß vor drei Stunden gar nicht an unsre Heimkehr zu denken wäre. Dann erkundigten wir uns in der Küche, was es heute zu Mittag gäbe, und nach befriedigender Auskunft zogen wir »los«, wie wir sagten. Zuerst liefen wir die Straße entlang, dann durch eine windige Pappelallee, und dann querfeldein, mitten durch ein Kartoffelfeld. Auf diese Weise kamen wir sehr schnell vorwärts, und als darauf Jürgen vorschlug, wir sollten einmal immer geradeaus laufen und uns eine ganze Stunde lang gar nicht umsehen, so taten wir auch dies.

Eine Uhr hatten wir nun allerdings nicht, aber wir waren eine lange Zeit immer geradeaus gelaufen, und als wir endlich Atem schöpften, befanden wir uns in einem gemütlichen kleinen Hohlwege, der zum Frühstücken sehr geeignet schien. Das besorgten wir nun auch gründlich, und wenn man viel von dem Lakritzenwein trank und die Nase dabei zuhielt, dann schmeckte er gar nicht so schlecht. Dann ging die Tour weiter. Der Hohlweg war bald zu Ende, ein freies Feld kam mit einem Wege mitten darin, und in der Ferne lag die See. Sie sah sehr dunkel aus, und die Möwen flogen schreiend über die Insel. Da merkten wir, daß ein Wetter im Anzuge sei, und wir merkten noch weiter, daß wir gar nicht wußten, wo wir waren.

Einen Augenblick standen wir ratlos da, dann aber fiel uns ein, daß es wahrscheinlich zu einer Tour gehöre, sich ein wenig zu verlaufen. Deshalb gingen wir fröhlichen Gemüts weiter, aßen den Rest unsers Butterbrotes und begannen, zu singen, wie wir immer taten, wenn wir nicht recht wußten, was wir anfangen sollten. Der Regen aber schien zu wissen, was er wollte - er kam von der See her auf die unangenehmste Weise zu uns, mit Gepolter und Gekrach, mit Donner und Blitz, und nirgendwo schien ein Platz zu sein, wo wir das Unwetter hätten abwarten können. Da wurde die Tour etwas unangenehm, und obgleich es gewiß sein Interessantes hatte, bis auf die Haut naß zu werden, so ist dieser Zustand doch immer netter in der Vergangenheit als in der Gegenwart. Und so kam es denn, daß die harmonische Stimmung, in der wir gewesen waren, ein wenig litt. Milo und ich weinten, und Jürgen schalt heftig über uns. Er sagte, wir seien naß genug von auswendig, von innen brauchten wir nicht noch mehr Feuchtigkeit zu verbreiten. Wir machten eine Tour, und die sei immer wunderhübsch. Als wir nun entgegneten, diese Tour könne besser sein, wurde er so böse, daß auch er zu weinen begann. Aber nur deshalb, wie er wohl zehnmal versicherte, weil er sich über uns ärgerte.

Bei diesem Streit, und weil es immer noch donnerte und regnete, hatten wir gar nicht auf unsern Weg und noch weniger auf unsre Umgebung geachtet. Jetzt erst sahen wir, daß ein Einspänner neben uns hielt, und daß der Führer dieses Wagens uns erstaunt betrachtete. Es war ein großer Mann, der unter einem riesigen dunkelblauen Regenschirme saß, von dem das Wasser in Strömen herabrieselte.

»Nu, Kinners,« sagte der Mann, »wat wüllt jü hier? Man fix in den Wagen!«

Er hatte die lederne Schutzdecke aufgeknöpft und machte eine einladende Handbewegung, der wir sofort Folge leisteten. Darauf zog der braune, häßliche Gaul an, und wir saßen unter dem blauen Regenschirm. Es war sehr nett, und noch netter war, daß wir in nicht allzu langer Zeit vor einem kleinen Bauernhause hielten und von einer stattlichen Frau in Empfang genommen wurden.

»Du leve Tidt, Vadder!« begann sie allerdings, er aber nickte gutmütig.

»Frag man nich so veel, Stina! Lat dat lütt Takeltüg man wat Warms in und op den Liv kriegen!«

So kam es denn auch. Bald hatten wir allerhand warmes Zeug, in dem wir sehr wunderbar aussahen, auf dem Leibe. Unsre nassen Sachen trockneten am Herdfeuer, und wir selbst saßen an einem weißgescheuerten Tisch, auf dem eine große Schale mit Specksuppe und Klößen stand.

Aber der Lakritzenwein oder das Gewitter mußte uns den Appetit verdorben haben, wir aßen nur mäßig und sahen uns desto mehr um.

Es war ein kleines Zimmer, in dem wir saßen, hinten war ein großer Alkoven, dessen Türen aber geschlossen waren. Vor den kleinen Fenstern standen Blumen, und am Tische mit uns saßen außer den Eltern noch vier Kinder. Alle flachshaarig, mit hellen, blauen Augen und runden, etwas gleichgültigen Gesichtern. Dann und wann betrachteten sie uns, wandten sich aber schnell wieder der Specksuppe zu, sobald sie merkten, daß auch wir sie ansahen.

Milo, als der unbefangenste, hatte schon lange erzählt, woher wir kämen, was unser Vater wäre, und daß Großvater auch noch lebte. Schweigend hörte ihm alles zu, nur der Bauer sagte manchmal: »Kik mal an!« oder die Bäuerin lachte ein wenig. Sie war hübsch, diese Frau, die der Bauer Stina nannte, selbst wir Kinder konnten es sehen, und Jürgen, den Milos Redseligkeit schon wieder beunruhigte, wandte sich plötzlich zu ihr.

»Ich mag dich leiden, du bist hübsch!« sagte er, und die also Angeredete wurde ordentlich etwas rot, während der Bauer seine breite Hand auf Jürgens Kopf legte.

»Hast einen guten Gesmack, mein Junge!« sagte er, und mir schien als wenn sich auch sein sonnenverbranntes Gesicht dunkler färbte.

»Abers,« setzte er dann nach einer Weile langsam hinzu, »Schönheit allein is nich genug. Mudder is auch gut, hellschen gut: das is die Hauptsache!«

Jürgen nickte zerstreut, und ich gähnte. Uns wurde so oft gesagt, daß wir gut sein sollten, und meistens in Augenblicken, wo wir keine Lust dazu hatten, daß uns das Wort gut immer etwas müde machte.

»Wie heißt du eigentlich?« fragte ich unsern Wirt, um die Unterhaltung auf ein interessanteres Thema zu bringen.

»Michel van Ehren!« lautete die Antwort, und wir waren einen Augenblick stumm vor Staunen. Dann fand Milo zuerst seine Fassung wieder.

»Du hast ja gar nichts!« begann er in vorwurfsvollem Tone. »Und wenn einer nichts hat, dann ist er auch nichts!« Es war plötzlich ganz still in der kleinen Stube geworden – selbst die Fliegen, die sonst soviel Lärm machten, summten nicht mehr. Der Bauer hatte einen erstaunten Blick auf Milo geworfen, dann lächelte er gutmütig.

»Ganz recht, mein Jung, ich hab nix, und ich bin nix; abers –« er sah sich langsam um – »glaub man nich, daß ich unzufrieden bin. Da oben im Himmel, da wohnt ein, der hat noch ümmer für mich gesorgt, und der wird mich auch nich verhungern lassen. Nich, Stina?«

Er sah mit klaren Augen zu seiner Frau hinüber. Die aber blickte auf ihren Teller, und etwas Funkelndes glitt von ihrer Wange herunter.

»Milo ist dumm!« sagte jetzt Jürgen, der die Frau unverwandt angesehen hatte. »Er spricht nur nach, was andre Leute sagen. Ich aber mag hier viel lieber sein als bei Mamsell van Ehren, viel lieber!

Wir wollen euch auch bald wieder besuchen, und dann bringe ich meine neue Peitsche mit! Sie kann riesig knallen, und oben ist eine Pfeife!«

Die letzten Worte waren an den weißhaarigen Jungen gerichtet, der neben ihm saß, und dessen Augen anfingen zu leuchten. Und plötzlich war die peinliche Stille im Zimmer überwunden - wir sprachen alle, und auch die Fliegen summten wieder.

Es war sehr nett bei Michel van Ehren, und wir wären am liebsten den ganzen Tag bei ihm geblieben. Das ging aber nicht. Als das Wetter aufklärte und unsre Kleider ziemlich trocken waren, stand Michels Einspänner vor der Tür, und wir wurden nach Hause gefahren. In einer Beziehung war unsre Heimkunft sehr angebracht – denn sowohl im elterlichen wie im großväterlichen Hause herrschte die wildeste Aufregung. Hinrich hatte schon mit dem Polizeidiener gesprochen, daß er uns »ausklingeln« sollte, wie jeder verlorne Handschuh ausgeklingelt wurde. Die ältern Brüder suchten uns nach allen vier Windgegenden, und die Onkel und Tanten, die uns so dringend zu einer Tour geraten hatten, bereuten ihre selbstsüchtigen Ratschläge auf das tiefste. Da sie annahmen, wir wären irgendwo ertrunken oder sonstwie umgekommen, so jammerten sie nach uns, wie sie noch niemals nach uns gejammert hatten, und jeder von uns erhielt schon einen kleinen Heiligenschein in ihren Gedanken, den sie aber sehr schnell wieder entfernten, als wir wohlbehalten und in bester Laune vor ihnen standen. Da wurden wir abwechselnd gescholten und umarmt, und niemand fragte nach Michel van Ehren, der ganz still wieder fortfuhr. Selbst wir nahmen keinen Abschied von ihm, obgleich wir ihn und sein Pferd, das Robert hieß, sehr liebgewonnen hatten und es ihm auch gesagt hatten.

Aber die Nachricht, daß wir beinahe »ausgeklingelt« wurden wären, erregte uns außerordentlich, und wir bedauerten ungemein, zu früh wieder gefunden zu sein. Denn wir hätten, außer dem Spaß, so durch die Stadt geschrien zu werden, doch zu gern erfahren, wieviel Belohnung auf unsere Auffindung gesetzt worden wäre. Dann waren wir auch nicht einig, ob Großvater mehr bezahlt hätte, wenn wir tot gefunden worden wären, oder ob es ihm teurer gewesen wäre, wenn wir so lebendig, Wie wir jetzt waren, wiedergekommen wären. Das war ein sehr ergiebiger Gesprächsgegenstand, und da wir uns außerdem sehr wichtig vorkamen, von den Brüdern aber sehr nachdrücklich ermahnt wurden, uns nichts einzubilden, so darf sich niemand wundern, daß wir Michel van Ehren ein wenig vergaßen. Allerdings dauerte diese Vergeßlichkeit nicht lange, und zwar war es seine Schwester, die uns wieder auf ihn brachte. Sie war am zweiten Tage nach unserm Abenteuer wieder bei Großvater im Kontor, und dann erschien sie plötzlich oben im Wohnzimmer, wo Jürgen und ich ganz allein saßen und Bilder besahen.

»Nu, Kinners,« sagte sie, während sie sich ohne weiteres hinsetzte und ihren schweren Beutel auf den Tisch stellte, »wann kommt ihr denn mal wieder zu mich? Hat euch doch woll bei mich gefallen, nich?«

»Nein!« erwiderte Jürgen ruhig. »Es hat mir gar nicht bei dir gefallen, Mamsell!«

Ich sehe ihn noch so gut vor mir. Er lag der Länge nach auf dem großen Tisch und stützte sich auf seine beiden Arme, während er die alte Dame starr ansah.

»Nu war ick klok!« sagte diese im Tone höchster Überraschung. »Das hat mich noch kein ein gesagt, daß er bei mich nich sein mochte! Soviel Geld, wie ich, haben nich alle Menschen, mein Jung, und mein Butterbrot, das ich euch gab, war auch gut. Und denn all meine Sachens! Du liebe Zeit! Und gesehen habt ihr noch gar nich, was ich allens auf'n Boden in die Kistens und Biladens[2] hab! Da kommen nich viele gegen auf die Insel, kann ich dich sagen, und du brauchst dich gar nix einzubilden. Jürgen, wo dein Vater doch auch kein Geld hat und knappemang mit seine vielen Kinners rund kommen kann!«

Mamsell hatte sich in Aufregung gesprochen. Das Band ihres Hutes war losgegangen, und nun knotete sie es hastig und so energisch zusammen, daß der große Kapottehut auf ihrem Kopfe wie ein Schiff hin und her schwankte. Jürgen betrachtete sie aufmerksam.

»Bei Michel van Ehren war es viel netter als bei dir!« begann er jetzt wieder. »Und Stina ist so hübsch.

Das ist nämlich seine Frau. Manchmal sagt er Stina zu ihr und manchmal Mudder. Sie ist sehr freundlich, und Fritz ist auch gut. Ich meine den kleinen Fritz van Ehren, der so prachtvoll auf zwei Fingern flöten kann! Ich sage dir, das klingt fein! So –!« Und Jürgen steckte seine Finger in den Mund und suchte auf ihnen zu pfeifen; aber es ging nicht ordentlich. Mamsell van Ehren saß einige Minu-

---

[2] Beilade = kleine Kiste.

ten ganz still. Dann riß sie ihr Hutband wieder auf und schöpfte tief Atem.

»So! Also bei Michel bist du gewesen und bei Stina? Bei Stina!« Sie hob die Hand, als wenn sie nach etwas in der Luft greifen wollte; aber da war nichts, was sie anfassen konnte, und sie ließ die Hand wieder sinken. »Bei die Menschen warst du, die natürlicheweise slecht von mich snackten, die natürlicheweise sagten, daß ich ein gräßliche Person war, und daß ich geizig war, und der Deuvel mir holen sollt – nich? Haben sie das nich gesagt?«

Jürgen kehrte sich zu mir.

»Haben Michel und Stina etwas von Mamsell gesagt?«

Ich schüttelte den Kopf; zugleich hatte ich das Gefühl, unsern aufgeregten Besuch ein wenig beruhigen zu müssen. »Nein, Mamsell, von dir hat kein Mensch etwas gesprochen. Wir haben auch gar nicht an dich gedacht. Michel sagte nur, oben im Himmel, dort wohne jemand, der für ihn sorge – damit hat er dich doch nicht gemeint – du bist ja noch nicht im Himmel!«

»Aber später kommst du natürlich hinein!« setzte Jürgen hinzu, der nun etwas Höfliches sagen wollte.

»Natürlicheweise!« murmelte die Mamsell. Sie war plötzlich ruhiger geworden und saß ganz still.

»Natürlicheweise!« sagte sie noch einmal.

»Sind deine Lippen immer so weiß?« fragte Jürgen nach einer Weile, und die Alte stand hastig auf. »Gott in hohen Himmel – ihr seid Kinners – so was is mich mein Lebzeit noch nich vorgekommen! Abers besuchen sollt ihr mir, und ich schick den Wagen mit die guten Pferde, und wer artig is, kann bei Krischan sitzen und die Zügel in die Hand halten. Und junge Hunde hab ich auch, und allens, was ihr noch nich in mein Haus gesehen habt, das will ich euch weisen! Na, wollt ihr noch ümmer nich?«

Natürlich wollten wir. Wir begriffen überhaupt nicht, daß wir uns zuerst so ablehnend verhalten hatten! Schon das Wort »junge Hunde« stieß jeglichen anderweitigen Entschluß über den Haufen, und als nach einigen Tagen der wundervolle Stuhlwagen der Mamsell vor unsrer Tür hielt, freuten wir uns ganz außerordentlich.

»Wenn ihr noch ein büschen spazieren fahren wollt, so soll ich das tun!« sagte Krischan, der Kutscher, ein hübscher junger Mann, der eben bei den Dänen in Rendsburg Soldat gewesen war und feine Manieren hatte. »Und wenn ihr noch einen Jungen mitbringen wollt, sollt ihr das auch man tun!«

»Denn fahr nach Krümpitz!« befahl Jürgen ohne weiteres, und Krischan machte erstaunte Augen.

»Nach Krümpitz? Is das nich –« aber er stockte plötzlich. »Nu ja, Mamsell hat gesagt, ich sollte fahren, wohin ihr wolltet!«

So fuhren wir nach Krümpitz. Das war ein kleines Dorf mit einigen weit auseinanderliegenden Gehöften, und als wir durch das Dorf gefahren waren, lag Michel van Ehrens kleines Bauernhaus vor uns.

Der Kutscher pfiff ein wenig durch die Zähne, als er den Wagen unweit vom Hause anhielt. Aber niemand achtete viel auf ihn. Milo und ich dachten darüber nach, was nun geschehn sollte. Da sprang Jürgen vom Bock und ging auf den kleinen Fritz van Ehren zu, der vorm Hause stand und uns ernsthaft betrachtete.

»Willst du ein bißchen mit uns ausfahren?« fragte er, und die Augen des Knaben öffneten sich weit, während er die großen Pferde und den großen Wagen betrachtete. Er antwortete aber noch nichts, und dann trat Frau Stina neben ihn. Sie sah den Wagen, den sie natürlich nicht kannte, und dann sah sie uns und lächelte uns zu.

»Willst ihn weit mitnehmen, Jürgen?« fragte sie, und ihre Hand legte sich auf den hellen Kopf ihres Erstgebornen.

»Wir sind aufs Land eingeladen,« berichtete Jürgen, »und wir dürfen jemand mitbringen. Darf Fritz nicht mit uns gehen?«

Frau van Ehren blickte wieder das Gefährt und dann uns an. Sie sah zweifelhaft aus – ihr Junge aber faßte sie am Rock und schaute sie flehend an. Da mochte sie wohl nicht fragen, wohin es ginge, oder sie vergaß es.

»Er muß bloß nicht zu spät nach Hause kommen!« meinte sie zögernd und ließ es kopfschüttelnd geschehn, daß Fritz ins Haus rannte. Er kehrte in fabelhaft kurzer Zeit mit seinem Sonntagsanzug angetan zurück und kletterte darauf zu uns in den Wagen. Gesagt hatte er noch nicht viel – aber sein ganzes kleines Gesicht sah verklärt aus. Krischan, der Kutscher, der sehr lange und nachdrücklich mit dem Kopfe geschüttelt hatte, murmelte jetzt, daß er an allem keine Schuld hätte, und nach dieser Erklärung fuhr er uns in schlankem Trabe zu Mamsell van Ehrens Hause.

Unsre Stimmung war auf der ganzen Fahrt sehr heiter gewesen, und als Mamsell vor der Tür stand und uns bewillkommte, begrüßten wir sie fast zärtlich. Ihr altes, verschrumpftes Gesicht legte sich denn auch in freundliche Falten.

»Nu, Kinners, heute is das ja woll Sonnenschein bei euch, und ihr freut euch, zu die alte Mamsell zu kommen. Ich hab auch ein gut Mittagbrot for euch kochen lassen – Kirschensuppe und Kirschenpfannkuchen – und nachher rote Grütze mit Rahm bei – nu kommt man in die Stube! Habt ihr ein klein Besuch mitgebracht? Das is nett! Ich hab auch genug Essen for ihm. Wie heißt du, mein Jung?«

»Fritz!« lautete die schüchterne Antwort, und Mamsell sah starr in ein Paar helle Kinderaugen.

»Nu, Fritz, denn komm man ein!« sagte sie langsam, als wenn sie sich auf etwas besänne. »Ihr könnt nu man ein klein Butterbrot kriegen, vordem die Suppe auf'n Tisch kommt – das macht den Magen smeidig!«

»Laß uns erst in den Saal!« rief Jürgen bittend. »Ich will Fritz den Ofen mit den schönen Bildern zeigen und den großen Tisch, an dem die Leute sitzen, wenn dein Leichenbier ist, Mamsell! Denke dir, Fritz, dann gibt es hier soviele Braten und Kuchen, daß man die ganze Nacht daran essen muß, und auch soviel Wein und Punsch, wie man nur trinken kann! Nicht wahr, Mamsell?«

»Ganz gewißlich!« versicherte diese mit stolzem Lächeln. »Meinst, ich will mir lumpen lassen? Mein bestes Gedeck kommt auch auf'n Tisch!«

Fritz stand mit uns in dem Döns und sah sich langsam um. Er hatte auf der ganzen Fahrt sehr wenig gesprochen, aber kein Vogel war an uns vorübergeflogen, der nicht von ihm bemerkt worden wäre, er hatte jedem Baum seinen richtigen Namen gegeben, und er kannte jede Kornart auf dem Felde. Jetzt waren seine Augen über jeden Gegenstand, der im Saal war, geglitten, und nun blieben sie an Mamsell van Ehren haften.

»Was kukst du mir an?« fragte Mamsell scharf, und er wurde rot.

»Du hast so'n feines Kleid an,« stotterte er, voller Ehrfurcht das schwerseidne geblümte Gewand betrachtend, das unsre Wirtin uns zu Ehren angelegt hatte.

Sie nickte wohlgefällig. »Das hat auch fufzehn Mark Kurant die Elle gekost! Das kannst woll sehen, wie?«

»Ziehst du das auch an, wenn du dein Leichenbier hast?« fragte Fritz ein wenig zaghaft. Aber Jürgen und ich lachten laut über diese Frage.

»Mamsell van Ehren ist ja gar nicht dabei, wenn sie ihr Leichenbier feiert!« sagte Jürgen belehrend. »Mamsell ist dann im Himmel. Sie hat uns neulich noch gesagt, daß sie gleich hineinkommt. Nicht wahr, Mamsell?«

»Gewißlich!« rief die Gefragte ungeduldig. »Wer soviel Talers hat, wie ich, die kann doch nich außenvur stehn bleiben. Unser Herrgott weiß auch, was er die Reichen schuldig is! Und nu kommt man, Kinners; sonsten vergeht mich der Appetit, weil daß ich mir heute ein büschen flau fühle!«

Wir folgten ihrer Aufforderung, das Zimmer zu verlassen – nur Milo stand vor dem Ofen und zeigte auf eine Kachel, auf die viele Flammen gemalt waren.

»Die Geschichte kenne ich auch!« frohlockte er. »Das ist der reiche Mann, der brennen muß, weil er dem armen Lazarus gar nichts von seinem Gelde abgegeben hat!«

Er wollte uns noch mehr von seinen reichen Kenntnissen der biblischen Geschichte berichten, aber Mamsell faßte ihn sehr unsanft am Arm und sagte, er wäre ein gräßlichen Jung, der sein Snabel halten sollte.

Im übrigen verlief der Tag sehr nett. Mamsell war sehr guter Laune, und wenn sie auch fand, daß wir nicht soviel aßen, wie wir von Rechts wegen hätten tun sollen, so schien sie doch sonst mit uns zufrieden zu sein. Sie zeigte uns nach dem Essen große Koffer voll aufgestapelter Leinenschätze, die uns sehr gleichgültig ließen, und einen schweren Kasten, der mit silbernen Löffeln in verschiedner Größe angefüllt war.

»Das is allens mein, und ich hab mich das allens zusammengeerbt!« bemerkte sie schmunzelnd. Wir aber liefen in die dunkeln Ecken des Hausbodens, auf dem wir waren, und suchten nach allerlei altem Gerümpel, das wir lieber hatten als das blanke Silber. Da war z. B. ein roh gearbeitetes hölzernes Schaukelpferd, an dem wir helle Freude hatten. Zuerst saß Jürgen darauf, und dann Fritz van Ehren. Als dieser gerade anfangen wollte, zu schaukeln, kam Mamsell van Ehren in unsre Nähe. Sie trug ihr großes Schlüsselbund in der Hand, weil sie noch eine Kiste aufschließen wollte, worin der Brautstaat ihrer Eltern war; als sie aber Fritz auf dem Schaukelpferd erblickte, ließ sie die Schlüssel fallen. Er hatte sich das Pferdchen ins Licht gerückt, und durch das Bodenfenster schien die Sonne hell auf ihn, wie er mit zusammengepreßten Lippen und gefalteter Stirn sein Rößlein auf und nieder schwenkte.

»Was bist du eigentlich forn Jung?« fragte die alte Dame, nachdem sie ihn eine Weile starr betrachtet hatte.

Er hielt ihren Blick ruhig aus und schlug jetzt mit der Hand durch die Luft. »Ick bün Michel van Ehren sin Jung!« sagte er dann und schlug noch einmal auf sein Pferd.

Mamsell setzte sich auf die Kiste, die sie hatte öffnen wollen, und blickte regungslos vor sich hin. Sie war so still geworden, daß wir uns neben sie stellten, und daß Jürgen das Gefühl hatte, sich entschuldigen zu müssen. »Es ist nämlich, daß mir gerade niemand anders einfiel, wie Krischan mir sagte, ich dürfe jemand mitbringen,« sagte er. »Fritz hat nicht viel Vergnügen in Krümpitz, nicht, Fritz? Und er mag auch gern mit dem Wagen fahren, nicht wahr, Fritz? Und wenn Michel dein Bruder ist, dann ist Fritz –«

»Laß man sein,« sagte Mamsell. Sie saß noch ganz still und schob nur an den Falten ihres Seidenkleides. »Laß man sein – da hast du kein Schuld an, Jürgen! – Kinners sind Kinners, und Nachbedenken haben sie nich. Und nu kommt man runter, daß ihr noch'n büschen Kaffee kriegt und denn wieder wegfahrt, denn wenn ich mich das so recht bedenke, so kann ich doch die Kinnerwirtschaft nich auf die Länge vertragen!«

Krischan mußte also bald wieder anspannen, und wir fuhren nach Hause, nachdem wir Fritz in der Nähe seines väterlichen Hauses wieder abgesetzt hatten. Bis vor die Tür Michels van Ehren fuhr Krischan nicht - das sei ihm verboten worden, behauptete er, und Fritz war es einerlei. Der hatte noch niemals auf einem Schaukelpferde gesessen und auch noch nie auf einem Wagen, vor den solche Pferde gespannt waren. Er war so vergnügt, daß er mehrere Male von selbst etwas sagte, was er bis jetzt noch nicht getan hatte. Als er vom Wagen kletterte, warf er seine Mütze in die Höhe und stieß einen rauhen Schrei des Vergnügens aus. Dann lief er schnell seinem Hause zu und sah sich gar nicht mehr nach uns um, was wir sehr übel nahmen. Denn wir fanden, daß er uns Dank schuldete für einen Tag, dessen plötzliches Ende uns wiederum erstaunlich berührte, obgleich wir dieses Erstaunen nicht in Worte zu kleiden wußten.

Großvater hatte einen Schreiber, der Rasmus Rasmussen hieß, und der sich öfters betrank. Wenn er angeheitert war, dann erzählte er uns hin und wieder sehr lange Geschichten, die immer rührender wurden, je mehr Gläser Branntwein er getrunken hatte. Auch gehörte er zu den Menschen, die mit Kindern wie mit Erwachsenen sprechen. Aber da er uns eigentlich niemals etwas Böses, nur oft etwas Unverständliches erzählte, so war der Verkehr mit ihm weiter nicht schädlich, und wir durften viel mit ihm zusammen sein. In der Landbevölkerung hatte Rasmus eine angesehene Stellung, besonders bei den kleinen Bauern. Diese nannten ihn Herr Seckertär und fragten ihn in sehr vielen Angelegenheiten um Rat, den der Gefragte gern erteilte, um sich dann, mit einem Glase Punsch traktieren zu lassen. Rasmus hatte mit der Zeit eine große Personalkenntnis erlangt und kannte die Lebensgeschichte fast jedes Insulaners. Allerdings gab es Leute, die behaupteten, daß seine Erzählungen nicht immer der Wahrheit entsprächen; das wußten wir Kinder aber natürlich nicht zu unterscheiden, und wir hörten ihm mit großer Freude zu, wenn er uns lange Geschichten berichtete.

Es war an einem Donnerstage im September, und Jürgen und ich liefen auf dem Marktplätze herum, an dem etwas abseits unter Bäumen das erste Wirtshaus der Stadt stand. Dort ging es Donnerstags immer sehr lebhaft zu. Alle Landleute fuhren nämlich Donnerstags »zur Stadt,« wie es hieß, und gaben sich dann ein Rendezvous im Albersschen Gasthof. Hier wurde Korn und Vieh, Butter und Käse gekauft und verkauft, hier wurde Geld verliehen und geborgt, kurz, der Donnerstag war der Börsentag für die Insel, und einer, der etwas Geschäftliches besorgen wollte, fehlte gewiß nicht, und wenn er drei Stunden lang darum fahren mußte. Uns Kinder erfreute der Donnerstag schon deswegen, weil wir soviele Wagen zu sehen bekamen, Wagen mit den verschiedensten Pferden davor, über die Heinrich und Jürgen mit wichtiger Miene ihr Urteil sprachen, während ich mehr nach den Fuhrwerken selbst blickte und die Damen betrachtete, die, sehr verhüllt und sehr unkenntlich, von den Wagen herabsprangen. Denn zu springen gab es meistens etwas, und es waren nur ganz auserlesene, sehr reiche Leute, die in wackligen Kutschen angefahren kamen, aus denen die Insassen meistens rückwärts steigen und dann eine Zeitlang mit dem rechten Bein in der Luft herumtappen mußten, ehe sie den eisernen schmalen Tritt gefunden hatten. Für die Betreffenden war es vielleicht nicht angenehm, auf diese Weise ihren Wagen zu verlassen; für uns Zuschauer war es aber sehr nett. Wenn eine Kutsche über den Marktplatz geholpert kam, dann liefen wir hinter ihr her und standen erwartungsvoll bei Albers Hotel, um den Anblick des Aussteigens von Anfang bis zu Ende zu genießen. Es waren natürlich immer ältere Leute, denen das aus dem engen Wagen krabbeln schwer wurde. Manchmal, wenn der Hausknecht bei Albers durch Abwesenheit glänzte - er kam gewöhnlich nur bei der Abfahrt zum Trinkgelde - dann öffneten auch wir wohl den Schlag und leisteten hilfreiche Hand. Oder wir riefen: »Das rechte Bein nach links!« oder »mehr rechts!«, um den Aussteigenden wenigstens mit Worten zu helfen. Manchmal aber versahen wir uns in der Eile mit rechts und links, oder der, der unsern Rat empfing, verstand ihn nicht recht, und dann konnte es vorkommen, daß jemand sehr schnell aus dem Wagen fiel, der sonst immer eine Viertelstunde gebrauchte, ihn zu verlassen. Dann leisteten wir natürlich sofort hilfreiche Hand, sammelten auf und bürsteten, was aufzusammeln und zu bürsten war, und es passierte auch niemals ein ernstliches Unglück. Im Gegenteil manch freundliche Einladung, mit nach Albers zu kommen und Kaffee und Kuchen zu genießen, war uns infolge unsrer Hilfeleistung zuteil geworden. Das Annehmen solcher Einladungen war uns aber ein für allemal streng verboten, und das Ausschlagen wurde uns auch nicht schwer. Denn wir konnten uns gar nicht denken, daß es in den heißen, räucherigen Wirtsstuben so lustig sein konnte wie vor der Tür. Übrigens waren wir nicht die einzigen Zuschauer des Anfahrens der donnerstägigen Wirtshausbesucher. Verschiedne erwachsne Städter trieben sich gleichfalls auf dem Marktplatz herum, vor allem die kleinern Geschäftsleute und Handwerker, die mit den Bauern zu tun hatten; und auch Rasmus Rasmussen war eigentlich regelmäßig in der Nähe zu finden.

Auch an diesem Donnerstag im September. Er stand, an eine der Gasthoflinden gelehnt, und erteilte einem Landmann, der eben zu Pferde gekommen war, juristischen Rat. Wenigstens sprach er mit erhobner Stimme von irgend einem Gesetzesparagraphen, und der andre nahm einen kleinen karierten Geldbeutel aus der Tasche und steckte seine Finger hinein. Ich hatte mich gerade auf die Zehen erhoben, um zu sehen, wieviel Rasmus für seinen Gesetzesparagraphen bekam, da stieß Jürgen mich an.

»Da kommen Mamsell van Ehrens Pferde, und sie hat eine Kutsche!«

So war es in der Tat. Der Stuhlwagen war verschwunden und hatte einem geschlossenen Gefährt Platz gemacht, das sehr hoch in den Rädern hing und mit gelbseidnen Vorhängen geziert war.

»Die ist aber nicht so schön wie Großvaters Kutsche!« bemerkte ich, und Jürgen meinte auch, es wäre ein richtiger »Rummelkasten«. Dennoch liefen wir sofort an die Wagentür, als die Pferde stillstanden, und rissen an dem Türgriff.

»Man nich so hitzig!« sagte die verhüllte Gestalt, die im Innern saß und sich jetzt aus dem Fenster beugte. »Macht man nich allens twei! Fufzig Spezies hat er mich gekostet und is aus Eutin. Is ein Wagen von den Großherzog. Den sein Urgroßonkel is da ümmer mit spazieren gefahren. Abers die Tür –«

Wir hatten wohl Mamsells Worte gehört, aber nicht gerade auf ihren Inhalt geachtet, sondern munter weiter an der Tür gerissen. Sie sprang denn auch mit einem Knall auf und fiel nun auf uns, weil ihr Gehänge in Unordnung war. Da das Fenster in ihr heruntergelassen war, schadete sie uns nicht viel, und wir brachen natürlich in ein Triumphgeschrei aus, weil wir ein solches Ereignis noch gar nicht erlebt hatten.

»Nu seh einer an!« schalt Mamsell. »Konntet ihr meine Tür nich in Ruh lassen? Aus'n Fenster klettern tu ich sonsten ümmer und mach das Tür gar nich offen! O, was'n Schaden, und fufzig Spezies hat er mich gekostet!« Sie war ziemlich schnell ohne unsre Hilfe aus dem Wagen gekommen, und da sich ihr gleich ein Handwerker näherte, der den Schaden betrachtete und ihn wunderbar gut zu reparieren versprach, so standen wir ziemlich betrübt abseits. Wir hatten es gut gemeint und hatten auch mit Mamsell van Ehren, die wir so lange nicht gesehen hatten, sprechen wollen: nun kamen wir uns selbst etwas unartig vor. Rasmus, der die kleine Szene aus der Ferne angesehen, und der schon einige Schnäpse genossen hatte, kam jetzt zu uns.

»Geht nur nach Hause!« riet er. »Ihr macht hier doch nur Unfug, und wenn ich an Papa erzähle, was ihr eben getan habt, dann gibt's was!« .

Wenn Rasmus schlechter Laune war, dann verklagte er uns manchmal an höchster Stelle wegen unsrer Missetaten, und da er dann auch oft die Tatsachen entstellte, so liebten wir seine Berichte über uns durchaus nicht. Wir zogen es also vor, seinem Rate zu folgen, und gingen davon, während er uns ein Stückchen begleitete.

»Mit Mamsell van Ehren ist nicht zu spaßen,« begann er wichtig. Es schmeichelte nämlich seiner Eitelkeit, daß wir ihm so ohne weiteres folgten, was nicht oft geschah.

»Wir haben ihr nichts getan!« erklärte Jürgen. »Solche Wagentüren kennen wir aber nicht. Wir wollten ihr nur guten Tag sagen, weil wir sie so lange nicht gesehen haben!«

»Sie war böse auf euch!« sagte Rasmus, dem die geistigen Getränke die Zunge gelöst hatten. »Was brachtet ihr auch Fritz van Ehren auf ihren Hof? Das hat sie übel genommen!«

»Ich weiß nicht, daß sie Fritz van Ehren nicht leiden kann,« rief Jürgen. »Warum mag sie ihn denn nicht? Ist Michel van Ehren nicht ihr Bruder?«

»Natürlich ist er ihr Bruder. Aber den mag sie ja auch nicht!«

»Warum denn nicht?« fragte mein Bruder ungeduldig, und Rasmus zuckte die Achseln. »Was verstehst du davon? Kleine Jungen dürfen noch nicht alles wissen!«

Aber dann erzählte er doch unaufgefordert weiter.

Michel war der Stiefbruder von Mamsell und ziemlich viel jünger. Der alte van Ehren hatte zuerst eine reiche Frau gehabt und dann eine arme. Mamsell war aus der ersten Ehe, und Michel aus der zweiten. Der alte van Ehren hatte von sich selbst eigentlich nicht viel gehabt; die erste Frau hatte die Schulden bezahlt, die auf der Stelle waren, und alles in Ordnung gebracht. Als sie starb, hatte sie ein Testament gemacht, nach dem ihre Tochter Jakobine alles erbte und ihr Mann nur die Nutznießung bekam, solange er lebte. Er war eigentlich nur eine Art Großknecht seiner Tochter, die damals eben erwachsen war. Das war dem Alten wohl nicht sehr angenehm;

jedenfalls heiratete er plötzlich wieder, und das war wieder der Tochter nicht recht. Mit der zweiten Mutter hatte sie nicht gut gelebt und ihr immer gesagt, sie sei die Herrin, und sie hätte das Geld. Als der alte Ehren starb, war die Stiefmutter mit Michel in ein Häuschen gezogen, das der Alte ihr vermacht hatte. Aber es stellte sich heraus, daß auch dies Häuschen der Mamsell gehörte, und wenn nicht der Herr Justizrat dazwischen gekommen wäre und Jakobine Vorstellungen gemacht hätte, dann wäre Michels Mutter beinahe verhungert. Unter diesem Zank war nun Michel groß geworden. Als er noch klein war, hatte seine Schwester ihn gut leiden können und mit ihm gespielt; als er groß wurde, sollte er nur tun, was sie wollte. Aber er war eigensinnig und hatte seinen eignen Willen, und deshalb erzürnten sich die Geschwister. Von Michel war dies eine Dummheit, weil er arm war, und sie immer reicher wurde. Sie hatte nämlich noch einen reichen unverheirateten Bruder ihrer Mutter beerbt und wußte nun gar nicht, wohin mit ihrem Gelde. »Wenn Michel nach ihrem Willen gelebt hätte,« schloß Rasmus, »dann würde sie ihm doch helfen, daß er aus den Schulden herauskäme! Denn von der kleinen Stelle, auf der er sitzt, gehört ihm fast gar nichts, und es kann leicht geschehen, daß er von seinen Gläubigern hinausgeworfen wird. Dann hat er nichts als eine Frau und vier Kinder. Das ist wohl viel, aber zum Leben ist es zuviel, viel zuviel!«

Rasmus lachte herzlich, weil es ihm vorkam, als wäre er witzig gewesen. Und dann erklärte er, dringende Geschäfte in Albers Hotel zu haben, und ging eilig dorthin zurück.

Wir waren inzwischen vor unserm elterlichen Hause angelangt und beratschlagten, ob wir hineingehn sollten. Dann war es mit unsrer Freiheit für heute zu Ende, das wußten wir ganz genau. Uns ahnte überhaupt, daß irgend jemand uns schon irgendwo suchte, und deshalb sahen wir mit einiger Bekümmernis in die Septembersonne, die noch so hoch am Himmel stand und das Verlangen in uns erweckte, noch etliche Stunden in ihr umherzustrolchen.

Da faßte jemand Jürgen an den Arm. »Dag ok, Jürgen!«

Es war Fritz van Ehren, der uns etwas verlegen lachend begrüßte und von uns sehr erfreut empfangen wurde. Wir kannten ihn ja wenig, aber er gefiel uns.

»Ist dein Vater zur Stadt?« fragten wir, und er nickte.

»Ja, er is zur Stadt und hat mir mitgenommen. Mudder is auch mit!«

»Komm herein, du sollst was zu essen haben!« rief Jürgen. Der andre schüttelte den Kopf. »Laß man, ich bin nicht hungrig; bei Schmidt hat Vadder mich Käsbutterbrot geben lassen.« Schmidt war ein Gasthaus dritten Ranges.

»Willst du denn nach Großvaters Scheune und die Pferde und die Kühe sehen?« rief Jürgen, der das natürliche Gefühl hatte, seinen Gast unterhalten zu müssen. Dessen Augen leuchteten auf. Aber dann blieb er plötzlich stehn.

»Ich darf nich lange bleiben,« sagte er. »Vadder sagt, ich soll gleich wieder kommen.«

»Aber dein Vater hat hier doch gewiß viel zu tun. Es ist ja noch ganz hell, und er fährt noch nicht wieder fort!«

»Ich glaub doch,« meinte Fritz. »Vadder sein Geschäft is snell vorbei gewesen. Er wollte Geld - abers kein ein wollt ihn was geben. Mudder hat geweint. Mudder hat schon viel geweint. Nu is Vadder noch zu Moses gegangen - vielleicht daß er ihm was gibt!«

Moses war Herr Regensburger, ein alter, würdig aussehender Herr, hinter dem wir in unsern unartigen Momenten herliefen und sangen:

»Jude, Jude, schachre nich! Weißt du nicht, was Moses spricht? Moses spricht: Du darfst nicht schachern, Sonst will ich dir den Buckel wackeln!«

Das waren aber, wie gesagt, unsre unartigen Stunden. Zu andrer Zeit ließen wir uns von Moses Osterkuchen schenken, oder wir sahen in seinen Garten, wenn er mit seiner zahlreichen Familie Laubhütten feierte. Im ganzen hatten wir also gar nichts gegen ihn einzuwenden. Wir wußten aber, daß er Geld auslieh, und daß es nicht gut war, wenn man Geld von ihm brauchte.

Deshalb wurden wir auch etwas nachdenklich bei Fritzens Mitteilung. Dann aber meinte Jürgen, wir wollten doch in Großvaters Scheune gehn. Dort sei eine weißbunte Kuh, die solch niedliches Kalb habe, das könne Fritz noch schnell besehen. Unser Gast war es zufrieden, und wir gingen einträchtig zusammen dahin, bis es Jürgen plötzlich einfiel, mir zu sagen, ich brauchte nicht mitzugehn. Im ganzen ließ er sich meine Gesellschaft nur zu gern gefallen; fremden Jungen gegenüber verleugnete er mich aber manchmal und tat, als wenn ich nicht würdig wäre, mit ihm zusammen Kühe oder andres Viehzeug zu besehen. So auch heute.

»Geh du nur nach Hause,« sagte er plötzlich, »Mädchen verstehn noch nichts von Kälbern, nicht wahr, Fritz?« Der Gefragte nickte.

»Nee, Mädgens verstehn nix von so was!« meinte er dann mit einem nachsichtigen Lächeln. »Abers, for meinswegen kann sie mit. Ich mach mich da nix aus, ob sie mit is oder nich!«

Aber Jürgen beharrte auf seinem Worte, daß ich das Kalb nicht besehen sollte, worauf ich mich denn beleidigt abwandte und erklärte, es fiele mir auch gar nicht ein, mit den dummen Jungen zu gehn. Es erfolgte ein kurzes geschwisterliches Wortgefecht, und dann setzte ich mich auf die Treppe vor Großvaters Haustür und sah den beiden Knaben nach. Ich hatte ausgiebige Gelegenheit, den Sprößling von »Wittbunt« alle Tage zu sehen, und benutzte diese Gelegenheit gar nicht sehr häufig. Heute aber sehnte ich mich glühend nach dem kleinen Kalbe, das auf so zittrigen Beinen stand und so unglaublich dumm aussah, und dann nahm ich mir vor, morgen mit Jürgen kein Wort zu sprechen. Er sollte merken, was er an mir verloren hatte.

»Is Großvater woll zu Hause?« fragte eine Stimme neben mir. Es war Mamsell van Ehren. Sie trug eine grasgrüne seidne Mantille und einen Hut mit kirschroten Bändern und sah so fein aus, daß ich den Kummer über das Kalb vergaß und sie bewundernd betrachtete.

»Du bist aber mal wunderhübsch angezogen, Mamsell!«

»Nich wahr, klein Deern? Ja, das muß man bloß verstehn, und wenn man das Geld dazu hat, denn kann man es auch. So'n Mantilje kost auch ein Heidengeld. Mehr als ein fettes Swein! Abers wers lang hätt, de lett dat ok lang hängen! Na, wo is das denn mit Großvater?«

Ich lief ins Haus, kam aber mit der Botschaft zurück, daß Großvater ausgegangen sei und erst nach einer halben Stunde zurückkehre.

»Da will ich auf ihm warten!« sagte Mamsell. »Komm, wir wollen vor die Tür sitzen und auf die Straße gucken. Gott o Gott, was gehn hier für Menschens auf die Straße! Hier ein und da ein, und da zwei auf einmal. Herrjemineh, was is da doch forn Leben in so'n Stadt! Da bin ich eben bei Slachter Suhr gewesen und hab ihn ein paar Kälber und ein paar Ferkeln verkauft, und während ich bei ihn sitze, sind woll an zwanzig Personen an sein Fenster vorbeigegangen!«

Wir saßen zusammen auf der Bank, die vor dem großelterlichen Hause stand, und Mamsell blickte sich zufrieden um.

»Ja ja, so'n Stadt is doch nett. Vielleicht, daß ich auch noch zu Stadt zieh, wenn mich das zu einsam wird auf mein Stelle. Bloß, daß hier zuviel Menschens sind! Da kann man nich zwischen durchfinden. Slachter Suhr sagt auch, ich soll mir besinnen!«

»Schlachter Suhr seine Kinder sind krank!« bemerkte ich. Ich war sehr erleichtert, daß Mamsell gar nichts mehr von ihrer Wagentür sagte – eigentlich hatte ich gefürchtet, sie sei zu Großvater gekommen, um uns zu verklagen. Dies war entschieden nicht der Fall, und ich bemühte mich nun auch, meinen Besuch zu unterhalten.

Sie nickte gleichgültig.

»Jawoll, da war so was von Krankheit.Scharlachenfieber nennen sie das ja woll, und is ne Krankheit, die sonsten noch nich auf die Insel war. So'n neumodisch Zeug, was früher gar nich gewesen is. Als ich die Kinners die Hand gab, krieg ich ein büschen Haut an mein Finger – sie sagen, das is Schelber. Suhr sagt, das steckt an. Abers ich hatt Handschuhe an; denn tut mich das nix!«

Und Mamsell zeigte ihre dicken, ledernen Handschuhe, die blank und nagelneu aussahen. Ich hatte nur halb zugehört, denn meine Gedanken waren doch wieder zu dem Kalbe und den dummen Jungen gegangen. Besonders grollte ich mit Fritz, denn wenn er nicht gewesen wäre, würde Jürgen anders gehandelt haben.

»Fritz van Ehren ist auch hier!« sagte ich plötzlich, und Mamsell sah mich scharf an.

»Was hat der bei euch zu tun?« fragte sie, und ich zuckte die Achseln.

»Er wollte uns besuchen. Nun zeigt Jürgen ihm das Kalb in Großvaters Stall. Sein Vater ist bei Moses!«

»Bei Moses!« wiederholte die Alte.

»Jawohl, bei Moses. Fritz sagt, sein Vater könnte sonst nirgendwo Geld erhalten, und seine Mutter weint!«

»Sie weint?« Mamsells Augen leuchteten triumphierend. »So, so! Is sie all so weit? Nu, Hab ich das nich ümmer gesagt? Ümmer und ümmerlos! Damals, als Michel sie partuh haben wollte – hab ich da nich gesagt: Michel, nimm ihr nich! Denn sie hat kein Geld, und wo kein Geld is, da is auch kein Glück! Nee, ganzen gewißlich nich! Und leiden mocht ich ihr sowieso nich – denn sie lachte ümmer, und alle Mannspersonen sagten, sie wär so hübsch! Was'n Idee, ümmer lächerlich zu sein, wenn man nich den geringsten Schilling in den Beutel hat, und denn mit die Augen zu smeißen und zu tun, as wenn man furchtbar vergnügt is. Ich hatt so'n schöne Frau für Michel! Zehntausend Taler bar mit, und denn zwei unverheiratete Swestern, die beide kränklich waren und bald mit Tode abgehn mußten. Das war so gut wie zwanzigtausend auf'n Tisch! Einen ganzen kleinen Verdruß hatt Male ja. Abersten Michel braucht ihr ja nich ümmerlos von hinten anzukucken! Und wenn ein soviel Geld hat, denn is so was bloß ein klein Unbequemlichkeit for die Sneiderin! Michel, sag ich, nehm Male! Sie is ein guten Partie und ein guten Kurakter! Er abers meint, ein gute Partie wär sie woll, aber ganz und gar nich ein guten Kurakter, weil daß sie ihr Dienstmädchen mal mit'n glühende Feuerzange durchgeprügelt hatt. Du lieber himmlischer Vater! Als wenn einen nich mannichmal die Fingers juckten, um allens, was bei einen in Dienst steht, durchzuhauen.

Und mit'n glühende Feuerzange fühlen sie es, wenn sie auch sonsten kein Gefühl haben. Das sagt ich auch an Michel. Male is edel, sag ich; wenn man zehntausend bar hat, is das nich anners möglich. Nimm ihr, sonsten werd ich böse! Denn werd man böse, sagt er; wer mein Frau sein soll, die muß ich ein klein büschen lieb haben, sonst fühl ich mir nich gemütlich. Mit Stina fühl ich mir gemütlich, und ich hab ihr auch lieb. Und er hat gar nich darauf gehört, daß ich ihn ausgelümmelt und ihn gesagt hab, wenn er mich mein Willen nich tät, denn erbte er auch nix von mich. Da wurd er noch frech und sagte, er möchte auch gar nix erben! Von sein Hände Arbeit zu leben, wär besser, als auf den Tod von sein nächste Anverwandten zu warten. Auch so'n dummen Snack! Denn mich hat das Erben ümmer Spaß gemacht, wenn ich auch zuerst furchtbar traurig war. Abers sterben müssen wir doch alle! Auf so'n vernünftiges Wort hört er nu nich und heiratet Stina, wo ich ihr nu nich im geringsten leiden mochte. Da hab ich beide auch gesagt, daß ich nix mit sie zu tun haben wollte, und wenn sie mir zu Kindtauf eingeladen haben, denn bin ich nich hingegangen, und wenn Michel zu mich kam, denn hab ich mein Tür verschlossen und mir zu Bett gelegt. Allmählich is er das denn müde geworden, zu mich zu kommen. Ich seh ihm nich, und er sieht mir nich. Er is arm, und ich bin reich. Er hat ein Frau und vier Kinners, und ich hab nix, rein gar nix!«

Mamsell schwieg. Sie hatte sich vollständig atemlos geredet und seufzte nun erschöpft.

»Wie schade,« sagte ich, »daß du keine Kinder hast! Warum hast du keine? Ist es nicht langweilig?«

»Ganzen und gar nich!« versicherte Mamsell eifrig. »O, was freu ich mir, daß ich kein Kinner hab! Nix als Verdruß hat man von die Dingers!«

»Wer leistet dir denn im Winter Gesellschaft?« erkundigte ich mich, und sie zuckte mit den Schultern.

»Ich brauch kein Gesellschaft! Ich hab meine Kisten mit Leinzeug nnd Savjetten und Silber. Die kuck ich mich an, wenn ich mir langweile!«

Darauf wußte ich nun nichts zu erwidern. Nach meinem Dafürhalten war es viel interessanter, mit andern Kindern Versteck zu spielen, als sich einige silberne Löffel anzusehen, aber das wollte ich Mamsell schon deswegen nicht sagen, weil ich diesem Gedanken keinen rechten Ausdruck zu geben vermochte. Mir fiel etwas andres ein.

»Wer bekommt eigentlich alle deine Sachen?«

»Wer die kriegt?« fragte Mamsell argwöhnisch. »Die hab ich! Die kriegt niemand anders!«

»Ich meine, wenn du tot bist! Oder willst du alle deine Sachen mit dir begraben lassen?« Die Aussicht auf diese ungewöhnliche Begebenheit veranlaßte mich, ganz nahe zu ihr zu rücken. »Dann hast du wohl ein Begräbnis mit sechs Särgen oder noch mehr?«

»Nee,« sagte Mamsell. »Silber wird swarz in die Erde, und for die Savjetten is das auch nich gut. Tot bleib ich abers noch lange nich, Kind, da brauchst nich bange vor zu sein. Ich hab eine gute Natur, und später wird mich das woll einfallen, wer mir beerben soll. Was meinst, willst ein büschen von mich erben?«

Ich schüttelte den Kopf. »Nein, ich habe einen silbernen Löffel, das ist genug für mich, sagt Papa, und jeden Sonntag bekomme ich eine reine Serviette. Wenn es Kirschenkompott gibt, muß ich manchmal in der Woche noch eine haben – dann aber setzt es Schelte. Ich darf auch gar nichts von dir erben!« setzte ich hinzu.

»Warum nich?« Mamsell van Ehren hatte mir still lächelnd zugehört, und nun wurde sie aufmerksam.

»Nein, du darfst mich nicht erben lassen! Wenn du dein Geld an Fremde vermachst, dann hast du keine Ruhe im Grabe und mußt jede Nacht umgehn!«

»Wo weißt du das her?« Die Alte war blaß geworden, während ich eifrig weiter sprach.

»O, das hat Mahlmann mir erzählt! Kennst du Mahlmann nicht? Früher war er im Zuchthause und hat sehr viel gelernt. Nun ist er alt, und ich besuche ihn manchmal. Er weiß viele schöne Geistergeschichten, und er weiß auch, daß man sein Geld nicht an fremde Leute vermachen darf, wenn man ruhig im Grabe liegen will. In der Familie muß es bleiben, sonst gibt es ein Unglück! Hier in der Stadt hat ein Mann gelebt, und der –«

Aber ehe ich meine Weisheit zum besten geben konnte, standen Jürgen und Fritz vor uns, und Fritz nickte mir wohlgefällig zu.

»So'n schönes Kalb!« sagte er, und dann gab er mir die Hand. »Mudder wartet. Adjö auch!«

Er hatte aus angeborner Schüchternheit Mamsell van Ehren gar nicht gegrüßt und wollte still an ihr vorübergehn. Sie hielt ihn plötzlich am Jackenärmel fest und zog ihn ein wenig zu sich.

»Nu, kannst mir nich sehen? Mich nich Tag sagen?«

»'N Tag!« murmelte er.

»Und Vater is bei Moses?« fragte sie spöttisch. Er nickte ernsthaft, während er unwillkürlich seine Mütze abnahm.

»Ich denk mich nich, daß Vadder von Moses was kriegt!« sagte er zweifelnd, und seine weichen Züge nahmen einen Ausdruck von Sorge an.

»Was tut er dann?« fragte Mamsell hastig.

»O, dann müssen wir fort von Krümpitz, ganz fort!«

»Slimm genug für dein Vater!« murrte die Tante. Aber sie hatte den Jungen doch an sich gezogen und strich ihm über die Haare. »Ja, wer nich hören will, muß fühlen! Sag das man an dem Vater von mich! von Mamsell van Ehren, hörst woll? Und sag ihn, daß Male zehntausend Taler hatt'! Nu geh!«

Fritz ging. Mamsells Worte schienen keinen Eindruck auf ihn zu machen – wenigstens sah er ganz gleichmütig aus. Beide Hände steckte er in die Taschen seiner viel zu weiten Beinkleider, und dann ging er pfeifend davon. Ich sehe ihn noch deutlich vor mir. Die Sonne schien hell auf sein weißliches Haar und in seine trotzigen Augen. Er machte sich nicht viel aus der Welt – das konnte jeder merken.

Jetzt kam Großvater zurück, und Mamsell van Ehren begleitete ihn ins Haus, während Jürgen und ich es richtiger fanden, gleichfalls heim zu gehn. Wir fühlten an unserm Hunger, daß die Stunde des Abendbrots geschlagen hatte.

Am andern Tage bekamen wir plötzlich und unerwartet sehr starke Schelte. Rasmus hatte sich veranlaßt gesehen, eine Mordgeschichte von uns zu erzählen. des Inhalts, daß wir Mamsell van Ehrens Wagen absichtlich zertrümmert hätten. Wir beteuerten unsre vollständige Sündenreinheit, aber wir durften zwei Tage lang nur im Garten spazieren, und in die Stadt eine Zeitlang nur unter starker Bedeckung gehn. Das war unerträglich langweilig, und wir freuten uns nicht wenig, als plötzlich Mamsell van Ehrens Stuhlwagen erschien, der uns zu einem Besuche bei ihr abholen sollte.

Es war an einem Mittwoch Nachmittag, fast acht Tage nach ihrem letzten Besuch in der Stadt. Wir hatten Zeit, ihrer Einladung zu folgen, und bekamen auch die Erlaubnis dazu, allerdings mit einigen Ermahnungen verbrämt. Unsre Familie schien aber doch zu merken, wie sehr wir in der Wagenangelegenheit verleumdet worden waren, und als wir jetzt an Rasmus, der aus einem Wirtshause trat, vorüberfuhren, grüßten wir ihn mit vornehmer Überlegenheit.

Krischan brachte uns schnell zu Mamsell van Ehrens Stelle, dann wandte er seine Pferde, und als wir kaum ausgestiegen waren, fuhr er nach der entgegengesetzten Richtung, als von wo wir gekommen waren, davon.

»Wohin fährt er?« fragten wir neugierig. Die alte Mamsell aber, die uns an der Haustür empfing, lachte geheimnisvoll. »Nu seid man nich so fragig! Kommt ein und trinkt Kaffee – alles andre findt sich! Ich hab auch Kuchen gebacken, und nachher geb ich euch Äpfel, Gravensteiner, und ihr könnt ein Korb voll mit nach Hause nehmen!«

Mamsell war so aufgeräumt, wie wir sie noch gar nicht gesehen hatten. Sie behandelte uns ganz zärtlich und streichelte mich sogar ein wenig, was mich sehr verlegen machte. Denn ich war nicht gewohnt gestreichelt zu werden.

Eigentlich sollten wir in der täglichen Wohnstube Kaffee trinken. Weil wir aber so dringend baten, im Saal sitzen zu dürfen, wurde das Kaffeegeschirr in dieses Heiligtum getragen.

»Nu man nich gleich wieder an den Ofen!« rief Mamsell, als Milo sich wieder vor dieses Möbel kauerte. »Nu man her und Kaffee trinken! Biblische Geschichte weiß ich all genug, da braucht mich kein ein mehr zu belehren. Und wenn da auch ein reichen Mann in die Hölle sitzt, so weiß ich ganzen genau, daß ich da nich ein komme, weil daß ich Gotts Wort kenn und auch danach tue. Vergeben und vergessen will ich, und wenn mich das auch swer genug fällt, so will ich mir doch zwingen und zeigen, was ich for'n gutes Herz hab! So – nun trinkt man, und kuckt man nich so nach die leere Tasse, die bei mich steht – da kommt noch ein, der aus die Tasse trinken soll – den wird's abers smecken, kann ich euch sagen!«

Wir hatten die leere Tasse natürlich gar nicht bemerkt, und auf die Reden der Mamsell achteten wir nur wenig. Sie hatte unsre Teller so mit Kuchen bepackt, daß wir damit genug zu tun hatten und ihre Worte ziemlich gleichgültig über uns ergehn ließen. Sie saß nicht lange bei uns, sondern stand aller Augenblicke auf, um aus der Tür zu horchen. Dann setzte sie sich wieder und lachte uns an.

»Ja, Kinners, ihr sollt euch wundern, was ich für'n guten Menschen bin! Vergeben und vergessen will ich, wenn ich mir auch noch ümmer über Stina ärgere und ihr nich in mein Haus lassen will. Natürlicherweise nich! Abers ihren Jungen – das is was andres! Der is ein van Ehren! Ganz und gar! Soll auch auf'n Schaukelpferd reiten und nahstens –«

Sie hatte sich neben mich gesetzt und strich mir das Haar aus dem Gesicht. »Was hat der alte Kerl, der Mahlmann, noch vons Erben gesagt? Wenn man das Geld aus der Familie gehn läßt, was dann?«

»Dann hat man keine Ruhe im Grabe!« berichtete ich und biß eifrig in meinen Kuchen. »Mahlmann der hat einen Mann gekannt, der eine silberne Uhr hatte und eine Tabakspfeife. Er hatte auch einen Bruder, aber –«

Ein Wagen fuhr vor, und Mamsell schnellte in die Höhe. Dann setzte sie sich aber wieder.

»Er kann ja von selbsten ein kommen!« sagte sie halb zu sich selbst. »Ich brauch ihn nich entgegen zu gehn. Nee, das brauch ich auch nich!«

Es kam aber niemand an die Tür, und Mamsell rieb sich die Hände voller Ungeduld. Endlich klopfte es leise.

Mit scharfer Stimme rief sie: »Man flink herein!«

Krischan, der Kutscher, steckte den Kopf in den Saal, und als er außer seiner Herrin nur uns erblickte, trat er vorsichtig herein.

»Wo is Fritz?« fragte Mamsell scharf, und der Gefragte fuhr sich mit der Hand über seinen kurzgeschornen Kopf.

»Dat weer nix, Mamsell!« murmelte er.

»Kannst nich hochdeutsch mit mich snacken?« fuhr sie ihn an. »Womit war das nix? Wo is Fritz? Wo is mein klein Brudersohn?«

»Dat weer nix!« murmelte Krischan noch einmal.

»Da is Stina an schuld!« rief die Alte mit schriller Stimme. »Sie will mich den Jungen nich gönnen – nu denn, so –«

»Nee nee,« sagte Krischan etwas heiser. »Da is kein ein an schuld – ganzen gewiß nich, Mamsell. Bloß das Scharlachenfieber, einzig und allein das Scharlachenfieber. Den Donnerstag is er noch so vergnügt aus die Stadt gekommen, abersten Freitag hatt er schon Halsweh. Da is es denn mit einmal snell gegangen. Montag hat er noch ganz von selbst gelacht und gesagt: rsaquo;Wer nich hören will, muß fühlen!rlsaquo; Das abers ist das letzte gewesen!«

»Wo so?« fragte Mamsell. Sie war dicht an Krischan herangetreten und faßte ihn am Arm.

Er räusperte sich. »Nu ja, Mamsell, er is tot. Scharlachenfieber is es gewesen, und kein ein weiß, wo er es gekriegt hat, weil daß die Krankheit in die Stadt bloß bei Slachter Suhr war, und Fritz da gar nich gewesen is. Zwei von die annern Kinner haben es auch, und Frau van Ehren is auch krank, und Michel muß woll bald von sein Stelle, weil daß er gar kein Geld mehr hat und auch kein geliehen kriegt –«

Er hatte die letzten Worte nur undeutlich gesprochen. Nun schlich er leise hinaus, und Mamsell lehnte sich gegen den Ofen, auf dem alle die biblischen Bilder waren, die Bilder von Kain und Abel, von Esau und Jakob, von dem reichen Manne, dem sein Geld nichts geholfen hatte. Es war still im Saale geworden, denn auch wir sagten kein Wort. Wir waren traurig, und der schöne Kuchen wollte uns nicht mehr schmecken. Da fingen wir denn an, uns leise zu unterhalten.

»Er war noch so lustig!« murmelte Jürgen. »Er mochte Großvaters Kalb so gern leiden, daß ich es ihm gern geschenkt hätte. Aber Großvater hätte das nicht gemocht!«

»Im Himmel bekommt er gewiß ein schöneres Kalb!« meinte Milo, der sich von den himmlischen Freuden stets die angenehmsten Vorstellungen machte.

»Ob er auch wohl Kuchen bekommt?« fragte ich, und Milo nickte.

»Ganz gewiß, viel besser, als dieser ist! Überhaupt –« der Sprecher erhob seine Stimme ein wenig – »überhaupt – Fritz hat es im Himmel viel besser als hier, wo sein Vater nie Geld hatte, und wo seine Mutter immer weint. Im Himmel singen die Engel, und da weint niemand!«

»Im Himmel hat man auch immer Geld!« meinte Jürgen, der schon wieder angefangen hatte, Kuchen zu essen.

Davon wußte Milo nun nichts, und beide Brüder unterhielten sich darüber, ob die Engel wohl Portemonnaies, wie Onkel Heinrich, oder grünseidne Geldbeutel mit goldnen Ringen, wie Großvater, hätten. Dabei aßen wir Kuchen und tranken Kaffee, und Mamsell hatte sich neben den Ofen gekauert und sah sich in ihrem großen Zimmer um.

»Wer nich hören will, muß fühlen!« sagte sie plötzlich und trat dicht an uns heran. »Hat er das nich zu allerletzt gesagt?«

Wir nickten, und sie stöhnte tief auf. Dann setzte sie sich und schenkte sich Kaffee ein. »Ich weiß auch gar nich, was ich den lieben Herrgott getan hab, daß er mir so behandelt, wo ich doch ümmer allens tat, was Rechtens is. Wenn ich in die Kirche geh, geb ich ümmer sechzehn Bankschillinge in den Klingelbeutel, was doch gewiß anständig is. Und nu, wo ich mein Brudersohn zum Kaffee insitiere, muß er tot bleiben. Tot an Scharlachenfieber! Tot!«

Sie griff nach der Rahmkanne, aber ihre Hände zitterten, und das schwere silberne Gerät fiel um. Sein Inhalt floß über den ganzen Tisch, und wir mußten alle aufstehn, nur Mamsell van Ehren blieb sitzen. »Wer nich hören will, muß fühlen!« sagte sie, und der Ausdruck ihres Gesichts war so sonderbar, daß Milo plötzlich bange wurde.

»Ich will nach Hause!« rief er und stellte sich wie Schutz suchend an den Ofen. »Ich will zu Mama und zu Line!«

Line war das Kindermädchen, nach der Jürgen und ich uns niemals sehnten. Heute aber fanden wir doch, daß ihre Gesellschaft der von Mamsell entschieden vorzuziehn sei, und auch uns überwältigte die Sehnsucht nach den Freuden der Heimat. Wir wollten auch nach Hause, erklärten wir, und Mamsell hielt uns nicht zurück, Sie nickte nur und sagte, Krischan solle uns fortbringen. Aber als der Stuhlwagen mit dem bestürzt aussehenden Kutscher vor dem Hause hielt, und wir einstiegen, erschien, zu unserm Erstaunen, Mamsell. Sie war in ihren grünen Mantel gehüllt und stieg zuerst ein.

»Ich kann da nich allein in das alte große Haus bleiben!« sagte sie kurz, als wir sie verwundert betrachteten. »Ich will zur Stadt. Da muß ich doch hin. Mach einen kleinen Umweg, Krischan, weil daß die Luft schön is!«

Es war auch schön. Leise fuhr der Wind über die gelben Stoppelfelder, und weiße Fäden zitterten in der klaren Luft. In der Ferne schien die Nachmittagssonne auf einen blauen Streifen, und bei seinem Anblick nickte Mamsell.

»Fahr ein büschen auf'n Berg, Krischan, daß wir das Wasser sehen können. Nich, Kinners, nix is doch so schön as das Wasser!«

Berge waren auf unsrer Insel wenig zu finden, und was davon dort war, verdiente kaum den Namen eines Hügels. Krischan aber fand doch eine Anhöhe, wo er die Pferde halten ließ und wir auf das blaue Meer sehen konnten. Die untergehende Sonne warf goldne Streifen auf die leise zitternde Fläche, und hier und dort tauchte ein Segel auf.

»Nu man zu Stadt!« sagte Mamsell, nachdem sie eine Weile starr auf das friedliche Bild geblickt hatte, und dann fuhren wir weiter. Wir hatten, beim Suchen der Anhöhe, einen großen Umweg gemacht und kamen nun auf eine ganz andre Landstraße, als die, auf der Mamsell van Ehren sonst zu fahren pflegte. Die Pferde aber griffen munter aus, sie schienen nicht müde zu sein, und Mamsell nickte vor sich hin.

»Man ordentlich flink, Krischan. Ich mag gern ein büschen snell fahren, und dann hab ich auch noch was beim Doktor zu tun. Ich will ihm was fragen! Man ümmer snell!« Krischan fuhr denn auch lustig drauf los, bis wir ganz in die Nähe der Stadt kamen und ein kleines Gefährt fast eingeholt hatten, das langsam, unendlich langsam fuhr. Es war ein Kastenwagen, wie ihn die Landleute gebrauchen. Vorn saß ein Mann in vorgebeugter Haltung, und hinter ihm, im Kasten, stand etwas, das halb mit einem Leinentuch bedeckt war. Langsam ging das Pferd. Es ließ auch den Kopf hängen, wie sein Herr, aber Jürgen erkannte es doch.

»Das ist Robert,« begann er, »und der Mann ist –«

» Man snell an die alte Karrete vorbei!« rief Mamsell. Krischan sah sie indessen zweifelnd über die Schulter an.

»Mamsell, das is Fritz. Sein Vater fährt ihn woll zur Stadt, damit er morgen früh auf'n Kirchhof kommt!«

Mamsell sagte kein Wort, und als der Kutscher nun die mutigen Pferde langsam hinter dem kleinen Wagen hergehn ließ, hüllte sie sich fester in ihren Mantel und murmelte einige Worte. Aber sie hatte die Unruhe in den Gliedern. Als der kleine Wagen dicht vor der Stadt in einen Seitenweg einbiegen wollte, richtete sie sich plötzlich auf und rief schrill: »Michel, Michel van Ehren! Komm her! Ich will dich was sagen!«

Der also Angerufne hob den Kopf und sah sich nach seiner Stiefschwester um. Ob er sie schon bemerkt hatte, konnte man seinem Gesicht nicht ansehen.

»Was willst du?« fragte er dumpf.

»Komm her!« rief sie noch einmal. Er schüttelte den Kopf. »Ick hevv keen Tidt! Will min Kind begraben!«

Da sprang die Alte mit ungewohnter Behendigkeit vom Wagen und hielt plötzlich Michels Pferd an. Es schien müde zu sein und ließ sich gern anhalten.

»Michel, Michel!« rief sie laut. »Wenn du allens getan hättest, was ich wollte, denn wär dies nich passiert!«

»Weißt du das so genau?« fragte er ruhig.

»Warum konntest du Male nich heiraten?« schluchzte sie plötzlich.

»Weil ich ihr nich leiden mochte!« war die Erwiderung, und die Mamsell stampfte mit dem Fuß.

»Was hätt das geschadet! Was mach ich mich aus das Leidenmögen! Nu siehst du, was danach kommt!«

Michel van Ehren hatte den Kopf wieder auf die Brust sinken lassen. Er sah so müde aus! Aber nun blickte er seine Schwester ernsthaft an.

»Du weißt ja gar nich, was von das Leidenmögen kommt! Du magst ja nur dein Geld leiden und deine Stelle und deine Kühe und deine Pferde!« Er, stockte einen Augenblick. »Arme Jakobine,« sagte er dann. »Arme Deern! Du tust mich doch leid! Kein ein hast du in dein Leben gehabt, der dir ein büschen lieb hatte. Da mußt du auch komisch von werden. Wo oft, wenn ich doll auf dir war, hat Stina mich das auch gesagt. rsaquo;Michel,rlsaquo; sagt sie, rsaquo;laß Jakobine man in Frieden und schilt nich auf ihr. Sie hat es slecht in diese Welt, ganz slecht, und wir haben es gut, ganz gut, weil wir doch zusammen sind.rlsaquo;«

Er schwieg, und Mamsell lachte schrill. »Hast du es jetzt gut, wo du deinen Jungen nach'n Kirchhof bringst?« Michel antwortete nicht gleich, weil er an seinem rauhen Rock zu bürsten hatte. Dann nickte er.

»Ich hab es vielleicht ja nich gut,« sagte er mit etwas schwerer Zunge. »Das is ja nich so furchtbar leicht, wenn so'n Jung, an den man sich freute –« er stockte. Aber nach wenig Sekunden sprach er hastig weiter. »Nu hat er es doch gut, Jakobine! Nu braucht er doch nich jeden Morgen in die Schule, wo ihn das Lernen swer wurde, und nu braucht er sich da auch nich um zu quälen, daß er sein Brot kriegt. Stina hat oft gesagt: rsaquo;Was soll doch einmal aus'n Jungen werden, wo er so hinter die Tiere her is und so gräßlich gern Landmann werden will, und wir doch kein Geld haben, ihn auch nur ne Kuh zu kaufen. Ich slaf da nich um,rlsaquo; hat sie woll gesagt, rsaquo;wenn ich mich denk, daß mein Fritz mal Knecht werden soll und nix weiter.rlsaquo; Nu kann sie geruhig slafen, und mein Fritz auch – nu hat unser Herrgott for ihm gesorgt.«

Michel war wieder heiser geworden, aber er hatte den Satz doch gut zu Ende gesprochen. Mamsell war von dem Pferde zurückgetreten. Es zog plötzlich an, und das kleine Gefährt rumpelte von dannen.

Wir Kinder und Krischan hatten die ganze Unterhaltung schweigend angehört. Als Mamsell jetzt wieder mühsam in den Wagen kletterte, rückten wir ihr näher - sie tat uns so leid. Wir versuchten auch, mit ihr zu sprechen, aber sie erwiderte uns kein Wort. So verlief das Ende unsrer Fahrt sehr trübselig, und als wir glücklich vor unserm Hause abgestiegen waren, sagte Jürgen, daß er niemals wieder Mamsell van Ehren besuchen wollte. Dort passierte immer so etwas Sonderbares, und sie sei selbst auch sehr sonderbar, denn daß sie Fritz gerade eingeladen hätte, als er schon tot gewesen wäre, sei doch merkwürdig. Milo war nun nicht Jürgens Meinung. Er hatte den Nachmittag sehr ereignisreich gefunden, und der Kaffee hatte ihm vorzüglich geschmeckt. Auch ich war bereit, jede Einladung wieder anzunehmen. Aber es wurde uns keine zuteil. Mamsell schien uns gänzlich vergessen zu haben, während wir doch täglich von ihr sprachen. Wir hatten wohl gemerkt, wie traurig sie über den Tod des kleinen Fritz gewesen war - was aber würde sie wohl zu den Ereignissen der folgenden Tage gesagt haben? Denn Michel van Ehren kam noch dreimal zur Stadt, und jedesmal mit einem Sarge. Zuerst war es seine Frau, und dann waren es noch zwei Kinder, die alle drei am Scharlachfieber gestorben waren.

Die Leute sprachen viel über sein Unglück, und wir Kinder machten die Beerdigungen mit und weinten, weil die Großen weinten. Aber dann tröstete uns der Gedanke, daß alle jetzt im Himmel seien, und wir freuten uns auf den Herbstmarkt, von dem wir uns vorher viel mehr Genüsse versprachen, als er uns nachher bot. Aber die Vorfreude ist das beste bei allen Dingen, und es war unrecht von Rasmus, uns in unsrer Erwartung zu stören und uns zu erzählen, wie krank wir im vorigen Jahre schon am zweiten Markttage gewesen seien. Das hörten wir nicht gern und gaben ihm eine ungezogne Antwort, worauf er höhnisch bemerkte, nun wolle er uns auch gar nicht das Allerneuste erzählen. Rasmus wußte nämlich immer die Neuigkeiten der Insel, besonders die traurigen, und mußte sie sehr schnell mitteilen, sonst wurde er krank. Das wußten wir und meinten spöttisch, er könne das Schweigen doch nicht aushalten, seine Nachricht würden wir wohl noch erfahren. Mit diesen Worten liefen wir aus dem Hause und stießen auf Krischan, Mamsell van Ehrens Kutscher. Dieser begrüßte uns hastig, dann faßte er mich an die Schulter: »Gut, daß du da bist. Sollst mit mich nach Albers Hotel kommen. Mamsell will dir sprechen!«

Das war für mich eine ungeheure Auszeichnung, denn ich wurde selten ganz allein eingeladen. Deshalb nahm ich nur flüchtigen Abschied von den Brüdern und folgte dem Kutscher mit dem erhabnen Gefühl von halber Wichtigkeit und derselben Portion Verlegenheit.

»De Ohlsch is ein büschen dwatsch in diese Zeit!« sagte Krischan vertraulich zu mir. »Mit ihren Bruder is das auch'n dumme Geschichte – sie sollt ihn man helfen und'n Strich über alles machen, wo er doch'n guten Menschen is und man bloß sich versehen hat, daß er ein ander Frau nahm, als sie wollt. Sonsten hat er ihr nie und nümmer was Böses getan. Abers Mamsell is von de regiersüchtige Sorte – das hast du woll auch gemerkt!«

»Was soll ich eigentlich bei ihr?« fragte ich. Krischans Äußerungen verstand ich nicht so recht, außerdem nahm ein grüner Wagen auf dem Marktplatz meine ganze Aufmerksamkeit in Anspruch.

»Weiß nich. Sie hat viel gesnackt, was ich nich verstand. Ich glaub abers –« Krischan blieb stehn und sah sehr schlau aus –, »das is was mit'n Testament! Wie ich man gehört hab, wollt sie all ihr Geld an die van Ehrens in Holstein vermachen. Du weißt, die van Ehrens, die ganzen weitläuftig mit unser Mamsell verwandt sind. Sie kann es natürlicheweise tun, sie is ihr eigen Herr – nu abers kommt mich das vor, als wenn sie sich besinnen tut!«

Krischan sagte noch etwas über das Erben im allgemeinen, während ich nach den kleinen Fenstern des grünen Wagens sah und leidenschaftlich wünschte, in ihm wohnen zu dürfen. Und dann stand ich in dem kleinen Damenzimmer von Albers Hotel, dessen einziger Schmuck eine Schale mit zwei fetten Goldfischen war, die ebenso langweilig aussahen wie die unbequemen Möbel. Mamsell saß auf dem Sofa und zog mich hastig zu sich.

»Verzähl mich die Geschichte nochmal!« sagte sie befehlend, und dabei spielte sie mit einem dicken Papierheft.

»Welche Geschichte?« fragte ich überrascht. Mamsell hatte mir nicht einmal guten Tag gesagt, und das fand ich doch sonderbar.

»Sei nich dumm, Kind! Was Mahlmann dich sagte, vom Erben und –« sie sah sich scheu um – »vom Liegen im Grab und sowas!«

»Oh! Du meinst die Geschichte vom Mann, der seine silberne Uhr und seine Tabakspfeife nicht an seinen Bruder vermachte? Nun, der hatte nachher keine Ruhe im Grabe! Er ist eine ganze lange Zeit nach seinem Tode jede Nacht um zwölf aufgestanden und hat gebeten, der Mann, dem er seine Uhr vermacht hatte, sollte sie doch an seinen Bruder geben. Er ist auch nicht eher ruhig geworden, bis sein Bruder alles bekommen hat. Und Mahlmann sagt, mit Geld ist es noch viel schlimmer, das darf nun keinesfalls aus der Familie! Er –«

»Kannst du mich sagen, ob der Mann, der die Uhr kriegte, noch ein büschen mit den andern verwandt war?« unterbrach Mamsell meine Mitteilung, und ich dachte lange nach, obgleich mich die Goldfische dabei sehr störten.

»Ich glaube, ein bißchen. Aber der Bruder war doch näher verwandt!«

Einen Augenblick atmete Mamsell tief auf. Dann nahm sie das große Papier und zerriß es in lauter kleine Stückchen.

»Ich will Ruhe haben in mein Grab,« murmelte sie. »Sie is ja auch tot, worüber ich mir ümmer so ärgerte, und er – nu ihn kann ich die gute Aussicht gönnen. Is doch ümmer ein guten Jung gewesen und hat neulich ganz nett mit mich gesprochen, wenn er mir auch nich gerade mit Respekt behandelte. Abers – ich will ihn das denn nich weiter nachtragen. Ich will auch seine Schulden bezahlen, und er kann mit sein klein Tochter – ein Kind is da ja man – bei mich wohnen. Still is es bei mich, und wenn ich mich recht bedenke, denn war das gar nich so slimm, als Michel klein war und Freunde hatt und sie in das Haus Spengtakel machten. Nu macht da kein ein Spengtakel bei mich – kein ein, und wenn ich mich nu noch denke, daß ich nich mal geruhig in mein Grab liegen sollt, bloß weil ich allens an die weitläuftige Verwandtschaft gegeben hab – nee! – das is mich doch zu arg – das will ich nicht! Er soll es gut haben, und für mir is es auch nett!«

Sie sprach noch mehr, aber ich hörte nicht darauf. Ich hatte mich ins Fenster gestellt und beobachtete Rasmus, der behaglichen Schrittes die Straße heraufkam. Er sah zufrieden aus, gerade so, wie er immer tat, wenn er irgend eine Neuigkeit wußte. »Da geht Rasmus Rasmussen!« sagte ich, und Mamsell stand auf.

»Ruf ihm, Kind. Er soll mich was bestellen an dein Großvater. Ich will ein neues Testament machen, und Herr Justizrat soll gern mal herauskommen, wenn er Zeit hat!«

Ich rief denn auch, und bald stand der Schreiber vor der Mamsell. Sie nickte ihm nur flüchtig zu.

»Ich wollt Ihnen man bitten, Herr Seckertähr –« er aber unterbrach sie.

»Zuerst möchte ich Ihnen meine herzlichste Kondolation aussprechen, Mamsell van Ehren.« Sie sah ihn etwas erstaunt an.

»Nu ja – die Kinners waren ja mit mich verwandt, und der klein Fritz –« sie seufzte. »So ne slimme Krankheit!«

»Und alles von unbegreiflicher Ansteckung!« sagte Rasmus bedauernd.

Mamsell wandte sich hastig ab. »Da is nu nix weiter bei zu machen,« sagte sie. »Was tot is, is tot – abers ich will mir auch mit Michel vertragen. Das können Sie man an Herrn Justizrat bestellen! Er wird sich freuen, wo er mir schon ümmer ausgescholten hat, daß ich Michel slecht behandelte.«

Rasmus hatte sich erregt die Hände gerieben. Er war kein schlechter Mensch – er hatte nur das Bedürfnis, allen Leuten unangenehme Sachen zu sagen, und ehe er diese vom Herzen hatte, geriet er in fieberhafte Unruhe.

»Michel kann sich nicht mehr mit Ihnen vertragen!« murmelte er.

»Warum nich?« fragte Mamsell scharf. »Weinen Sie, daß er bocksch is und nich will?«

»Er kann nicht – er ist tot!« sagte Rasmus hastig. »Vorhin kam die Nachricht. Verstecktes Scharlachfieber. Der Doktor sagt, daß Erwachsene es auch bekommen können. Jeder muß sich heutzutage in acht nehmen, weil ja niemand weiß, wie die Krankheit einen anstiegen kann. Von Schlachter Suhr ist sie nach Krümpitz geflogen – kein Mensch weiß wie. Ja, es sind böse Zeiten!«

Rasmus ging wieder. Er hatte seine Neuigkeit an Ort und Stelle angebracht, nun war er befriedigt. Händereibend verließ er das Wirtshaus, und ich sah ihn über den Marktplatz gehn. Denn ich stand noch immer am Fenster, weil mir ängstlich zumute war. Mamsell van Ehren war so still, so merkwürdig still geworden. Sie stand eine Zeitlang unbeweglich auf derselben Stelle, auf der sie die Nachricht empfangen hatte, dann nahm sie die Papierschnitzel, die auf dem Tische lagen, ballte sie zusammen und warf sie wie einen Ball in die Höhe. Dabei lachte sie leise und sagte endlich: »Wer nicht hören will, muß fühlen!« Zu allerletzt aber setzte sie sich und lachte laut - so laut, daß selbst die Goldfische es zu hören schienen und mit ihren Mäulern verwundert gegen die Glaswand stießen - so laut, daß ich eilig davon lief und nachher erklärte, niemals mehr Mamsell van Ehren besuchen zu wollen.

Dieser Vorsatz war ganz unnötig. Mamsell hat nie wieder jemand von uns eingeladen. Sie ist damals ganz still nach Hause gefahren und hat später ihre Stelle nie wieder verlassen. Die Leute sagten, sie sei wohl ein wenig verkehrt im Kopfe; es sei aber nicht schlimm, man könne ganz gut mit ihr sprechen. Besonders von Korn- und Viehpreisen wisse sie gut Bescheid; es sei nur merkwürdig, daß sie kein Geld sehen könne. Dann fange sie an zu schreien und zu lachen und würde schließlich so böse, daß es ganz ängstlich sei. Deshalb besorgte der Rechtsanwalt im Städtchen ihre Geldgeschäfte, und dieser Herr hatte auch Michels kleine Tochter bei wohlhabenden Landleuten untergebracht, wo sie »standesgemäß« erzogen wurde. War sie doch, nach dem Zerreißen des Testaments, Mamsells einzige Erbin. Sie hieß Stina und sah ihrer verstorbnen Mutter sehr ähnlich - deshalb wollte ihre Tante sie nicht sehen. Mit den Jahren ist Mamsell van Ehren dann doch wieder ein wenig vernünftiger geworden. Wenigstens hat man nach ihrem Tode einen kurz vorher geschriebenen Zettel gefunden, auf dem allerhand Bestimmungen, ihre Leichenfeier betreffend, standen, unter andern die, daß auch wir, nämlich Jürgen, Milo und ich, dazu eingeladen werden sollten. Dieses Gedenken rührte uns wirklich; leider konnten wir die Einladung nicht annehmen, weil wir alle nicht mehr auf der Insel lebten. Sie hatte entschieden vergessen, daß unser Vater versetzt, und daß wir groß geworden waren. An Milo vermachte sie außerdem ihren bunten Ofen; »weil daß er doch raucht, und klein Milo so gut auf ihn Bescheid weiß!«

Das war nun wirklich sehr nett. Aber »klein Milo« bekam den Ofen doch nicht. Denn Mamsell hatte ihn schon vor einigen Jahren an den besten Freund von unserm Moses Regensburger verkauft und diese Tatsache nur vergessen. Auf der Insel sagen sie, daß dieser Ofen jetzt in einem Königsschloß stehe. Wenn dies der Fall sein sollte, dann hoffe ich nur, daß die Königskinder etwas mehr von seinen bunten Bildern lernen, als die arme Mamsell van Ehren, die nicht hören wollte und nachher fühlen mußte.

Eigene Buchreihe oder eigenen Verlag gründen

Seit 2009 bietet tredition sein Verlagskonzept auch als sogenanntes "White-Label" an. Das bedeutet, dass andere Unternehmen, Institutionen und Personen risikofrei und unkompliziert selbst zum Herausgeber von Büchern und Buchreihen unter eigener Marke werden können. tredition übernimmt dabei das komplette Herstellungs- und Distributionsrisiko.

Zahlreiche Zeitschriften-, Zeitungs- und Buchverlage, Universitäten, Forschungseinrichtungen u.v.m. nutzen diese Dienstleistung von tredition, um unter eigener Marke ohne Risiko Bücher zu verlegen.

Alle Informationen im Internet: **www.tredition.de/fuer-verlage**

tredition wurde mit mehreren Innovationspreisen ausgezeichnet, u. a. mit dem Webfuture Award und dem Innovationspreis der Buch Digitale.

tredition ist Mitglied im Börsenverein des Deutschen Buchhandels.

Dieses Werk elektronisch lesen

Dieses Werk ist Teil der Gutenberg-DE Edition DVD. Diese enthält das komplette Archiv des Projekt Gutenberg-DE. Die DVD ist im Internet erhältlich auf **http://gutenbergshop.abc.de**